H.G. Wells
(1866-1946)

Herbert George Wells nasceu em Bromley, no condado de Kent, na Inglaterra, em 1866. Estudou em uma escola particular em Bromley e posteriormente no Royal College of Science, onde teve aulas de biologia com T.H. Huxley, defensor das teorias de Charles Darwin. Foi aprendiz têxtil por dois anos, experiência que retratou em *Kipps* (1905) e *The History of Mr. Polly* (1910). Também atuou como professor antes de se tornar escritor profissional. Teve uma tumultuada vida amorosa, chegando a casar-se duas vezes.

Sua estreia como romancista se deu em 1895, com *A máquina do tempo*, uma paródia das divisões de classe na Inglaterra, que inovou ao abordar a questão da viagem no tempo. Escreveu mais de cem livros, incluindo romances, ensaios e contos. Simpatizante do socialismo, da ciência e do progresso, foi, nas palavras de Bertrand Russell, "um importante libertador do pensamento e da ação". Chocou a opinião pública com suas convicções sobre amor livre e casamentos abertos (não convencionais), mostradas nos romances *Ann Veronica* (1909) e *The New Machiavelli* (1911). Escreveu diversas histórias de ficção científica – gênero do qual foi um dos precursores –, entre as quais se destacam *A ilha do dr. Moreau* (1896), *O homem invisível* (1897) e *A guerra dos mundos* (1898), texto adaptado pelo cineasta Orson Welles
episódio aterrorizante pa
tratar de um verdadeiro

H.G. Wells também publicou algumas obras de caráter profundamente crítico à sociedade inglesa, como *Anticipations* (1901), *Mankind in the Making* (1903) e *Modern Utopia* (1905). Depois da Primeira Guerra Mundial, lançou alguns livros de não ficção, tais quais *The Outline of History* (1920), *The Science of Life* (1930) e *Experiment in Autobiography* (1934). Alcançou grande reconhecimento como escritor ainda em vida, convivendo com personalidades do meio político e literário. Seu último livro, *Mind at the End of Its Tether*, foi lançado em 1945, um ano antes da morte do autor.

Livros do autor na Coleção **L&PM** POCKET:

Uma breve história do mundo
A guerra dos mundos
O homem invisível
A ilha do dr. Moreau
A máquina do tempo

H.G. WELLS

A ILHA DO DR. MOREAU

Tradução de Alexandre Boide

www.lpm.com.br

Coleção **L&PM** POCKET, vol. 1296

Texto de acordo com a nova ortografia.
Título original: *The Island of Dr. Moreau*

Primeira edição na Coleção **L&PM** POCKET: janeiro de 2019
Esta reimpressão: agosto de 2024

Tradução: Alexandre Boide
Capa: Ivan Pinheiro Machado. *Ilustração*: iStock
Preparação: Marianne Scholze
Revisão: Jó Saldanha

CIP-Brasil. Catalogação na publicação
Sindicato Nacional dos Editores de Livros, RJ.

W48i

Wells, H. G., 1866-1946
    A ilha do dr. Moreau / H. G. Wells; tradução Alexandre Boide. –
Porto Alegre [RS]: L&PM, 2024.
    192 p. ; 18 cm.   (Coleção L&PM POCKET, v. 1296)

    Tradução de: *The Island of Dr. Moreau*
    ISBN 978-85-254-3799-0

    1. Ficção inglesa. I. Boide, Alexandre. II. Título. III. Série.

18-51818   CDD: 823
                       CDU: 82-3(410.1)

Vanessa Mafra Xavier Salgado - Bibliotecária - CRB-7/6644

© da tradução, L&PM Editores, 2017

Todos os direitos desta edição reservados a L&PM Editores
Rua Comendador Coruja, 314, loja 9 – Floresta – 90.220-180
Porto Alegre – RS – Brasil / Fone: 51.3225.5777

Pedidos & Depto. Comercial: vendas@lpm.com.br
Fale conosco: info@lpm.com.br
www.lpm.com.br

Impresso no Brasil
Inverno de 2024

SUMÁRIO

1. No bote a remo do *Lady Vain* 7
2. O homem que não ia a lugar algum 11
3. O rosto estranho 16
4. Na amurada da escuna 24
5. O desembarque na ilha 29
6. Os barqueiros de aparência maligna 35
7. A porta trancada 42
8. O grito da onça-parda 49
9. A coisa na floresta 54
10. O grito do homem 67
11. A caçada ao homem 72
12. Os Ditadores da Lei 80
13. A negociação 92
14. O dr. Moreau se explica 99
15. Sobre o Povo-Bicho 114
16. Como o Povo-Bicho descobriu o gosto de sangue 122
17. Uma catástrofe 139
18. Encontrando Moreau 146
19. O "feriado" de Montgomery 152
20. Sozinho com o Povo-Bicho 162
21. A reversão do Povo-Bicho 169
22. O homem solitário 185

1

NO BOTE A REMO DO *LADY VAIN*

Não me proponho a acrescentar nada ao que já foi escrito a respeito do naufrágio do *Lady Vain*. Como todos sabem, a embarcação colidiu com uma nau à deriva dez dias depois de partir de Callao. O escaler com sete tripulantes a bordo foi resgatado dezoito dias depois pela canhoneira *Myrtle*, da esquadra de sua majestade, e a história das privações que sofreram ficou quase tão conhecida quanto o ainda mais terrível caso do *Medusa*. No entanto, tenho outra história a somar àquela que foi publicada sobre o *Lady Vain*, um relato tão horrível quanto, e ainda mais estranho. Até agora se supunha que quatro dos homens a bordo do bote haviam perecido, mas isso não é verdade. Tenho a melhor das provas para minha afirmação – eu sou um desses quatro homens.

Mas, em primeiro lugar, devo afirmar que não eram quatro os homens no bote; eram três. Constans, que foi "visto pelo capitão saltando no bote" (*Daily News*, 17 de março de 1887), para nossa sorte e seu azar, não chegou até nós. Ele saltou do meio dos cabos emaranhados ao redor do mastro arrebentado; um cabo solto se prendeu em seu tornozelo quando seus pés saíram do chão, e ele ficou por um instante suspenso no ar antes de cair, atingindo uma verga ou viga que flutuava na água. Remamos em sua direção, mas ele não voltou à superfície.

Afirmo que foi sorte nossa ele não ter nos alcançado, e posso acrescentar que foi sorte dele também, pois havia apenas um pequeno suprimento de água e algumas bolachas encharcadas conosco – o alarme foi repentino, e o navio estava totalmente despreparado para qualquer desastre. Achamos que os homens no escaler estivessem mais bem abastecidos (embora aparentemente também não estivessem), e tentamos chamá-los. Eles não tinham como nos ouvir, e na manhã seguinte, quando a garoa se dissipou – o que só aconteceu depois do meio-dia –, não havia mais sinal deles. Não podíamos ficar de pé para observar os arredores, por causa do balanço do bote. O mar se agitava em grandes ondas, e era difícil para nós manter o bote equilibrado sobre elas. Os dois outros homens até então sobreviventes eram Helmar, um passageiro como eu, e um marujo cujo nome desconheço, um sujeito baixo e atarracado que gaguejava ao falar.

Ficamos à deriva, famintos e, quando a água acabou, atormentados por uma sede insuportável, por oito dias no total. Depois do segundo dia, o mar serenou e permaneceu tranquilo e sem ondas. É impossível para o leitor comum tentar imaginar o que foram esses oito dias. Não haveria nada em sua memória – para sua sorte – com que comparar a experiência. Depois do primeiro dia quase não trocamos mais palavras, ficamos quietos em nossos lugares, contemplando o horizonte, ou vigiando, com olhos cada vez mais exaustos a cada dia que se passava, com o sofrimento e a fraqueza como companheiros. O sol era implacável. A água acabou no quarto dia, e começamos a pensar coisas estranhas, que comunicávamos através do olhar; mas acho que foi no sexto dia que Helmar deu voz àquilo que todos tínhamos em mente. Lembro que nossas gargantas estavam secas e fracas, então precisamos nos curvar na direção um do outro para compartilhar nossas palavras. Resisti à ideia com todas as minhas forças, preferia virar o bote para morrermos juntos em meio aos tubarões que nos seguiam; mas, quando Helmar falou que caso sua proposta fosse aceita teríamos o que beber, o marujo passou a apoiá-lo.

Mas eu me recusei a tirar a sorte, e durante a noite o marujo cochichou com Helmar sem parar, e fiquei sentado na proa com meu punhal na mão – embora duvidasse que tivesse forças para lutar. Pela manhã concordei com a proposta de Helmar, e jogamos uma moeda para definir o escolhido. O sorteado foi o marujo, mas ele era o mais forte entre nós e se recusou a ceder, atacando Helmar com as mãos nuas. Eles se engalfinharam e quase ficaram de pé. Fui rastejando pelo bote até eles, para tentar ajudar Helmar segurando a perna do tripulante, mas o agressor se desequilibrou com o balanço do barco e os dois rolaram por cima da amurada, caindo juntos na água. Afundaram como pedras. Eu me lembro de ter soltado uma gargalhada, e me perguntei o motivo da risada. O riso me surpreendeu como uma coisa repentina, que vinha de fora de mim.

Fiquei deitado sobre o assento transversal por não sei quanto tempo, desejando ter fibra para beber a água do mar, enlouquecer e morrer depressa. E, enquanto estava deitado lá, com a mesma falta de interesse que demonstraria diante de um quadro em uma parede, vi uma vela se aproximando de mim no horizonte. Minha mente deve ter divagado, mas me recordo de forma muito clara de tudo o que aconteceu. Lembro que minha cabeça oscilava ao sabor do mar e o horizonte e a vela dançavam sem parar, para cima e para baixo. Mas também me recordo de forma igualmente clara de que tinha a nítida impressão de estar morto e considerei uma ironia que, caso tivessem chegado um pouquinho mais cedo, ainda teriam me encontrado com vida.

Por aquilo que me pareceu uma eternidade fiquei deitado com a cabeça apoiada no assento vendo a escuna – era uma embarcação pequena, com um mastro de popa e um de proa – se aproximar. A escuna bordejava em movimentos circulares amplos, mudando de direção o tempo todo, pois navegava contra o vento. Nem me passou pela cabeça fazer algum movimento para chamar a atenção da tripulação, e não me lembro de muita coisa depois de ver a lateral da embarcação até perceber que me encontrava em uma pequena cabine de popa. Tenho uma vaga lembrança de ter sido elevado ao passadiço e de um rosto largo e redondo, coberto de sardas e emoldurado por cabelos ruivos, me olhando por cima da amurada. Também tive uma impressão desconexa de um rosto escuro com os olhos extraordinariamente próximos do meu, mas pensei que tivesse sido um pesadelo, até voltar a encará-lo. Acho que me lembro de alguma coisa sendo despejada por entre meus dentes. E isso é tudo.

2

O HOMEM QUE NÃO IA A LUGAR ALGUM

A cabine em que eu me encontrava era pequena e bastante bagunçada. Um homem relativamente jovem de cabelos claros, um bigode eriçado cor de palha e um lábio inferior curvado para baixo estava sentado ao meu lado, segurando meu pulso. Por um momento nos encaramos sem dizer nada. Seus olhos acinzentados eram úmidos e sem expressão.

Então, logo acima, houve o som de algo como uma armação de ferro sendo sacudida, e o grunhido grave e furioso de algum animal de porte grande. Nesse exato momento, o homem voltou a falar.

Ele repetiu sua pergunta:

– Como está se sentindo?

Acho que respondi que estava bem. Não me lembrava de como havia chegado ali. Ele deve ter notado a expressão de interrogação no meu rosto, pois minha voz naquele momento me era inacessível.

– Você foi resgatado de um bote, definhando. O nome da embarcação a que o bote pertencia era *Lady Vain*, e havia marcas estranhas na amurada. – Nesse momento, olhei para minha mão, tão magra que parecia uma luva de pele suja cheia de ossos soltos, e toda a provação sofrida no mar me voltou à mente.

– Tome um pouco disto – falou ele, me oferecendo uma dose de um líquido vermelho e gelado.

Tinha gosto de sangue, e fez com que eu me sentisse mais forte.

– Você teve sorte – disse ele – de ter sido resgatado por um barco com um médico a bordo. – Ele articulava mal as palavras, com um leve ceceio.

– Que navio é este? – perguntei com uma voz arrastada e rouca em virtude do longo silêncio.

– Um pequeno navio mercante que faz a rota entre Arica e Callao. Nunca perguntei de onde é originalmente, de alguma terra de loucos, imagino. Sou um passageiro, de Arica. O tolo do proprietário, que é o capitão também, um homem chamado Davis, perdeu o certificado ou coisa do gênero. Você conhece o tipo, batizou a embarcação de *Ipecacuanha*, como se fosse impossível escolher um nome menos estúpido e infernal; mas, quando o mar está agitado e não tem muito vento, o barco sem dúvida faz jus ao nome.

Então o ruído mais acima recomeçou, um grunhido ameaçador e uma voz humana ressoando simultaneamente. Em seguida se ouviu outra voz, dizendo a algum "maldito idiota" que desistisse.

– Você estava quase morto – informou meu interlocutor. – Foi por um triz, na verdade. Mas já tratei de nutrir seu corpo. Está sentindo que seus braços estão doloridos? São injeções. Você ficou inconsciente por quase trinta horas.

Meus pensamentos se arrastavam. Eu me distraí com os latidos de um grande número de cães.

– Já estou em condições de ingerir alimentos sólidos? – perguntei.

– Graças a mim – ele falou. – Agora mesmo tem um carneiro sendo cozido.

– Ah, sim – eu disse, animado. – Um carneiro cairia bem.

– Mas – ele falou, com uma hesitação momentânea – você há de entender que estou morrendo de curiosidade de saber como acabou sozinho naquele bote. – Nesse momento, pensei ter detectado certa desconfiança nos olhos dele.

– *Malditos latidos!*

Ele saiu da cabine em um gesto repentino, e ouvi quando entrou em uma discussão violenta com alguém que parecia responder com resmungos ininteligíveis. O desentendimento soava como se fosse terminar em troca de socos, mas acho que meus ouvidos me enganaram nesse aspecto. Ele apenas gritou alguma coisa para os cães e voltou à cabine.

– E então? – ele falou, ainda na porta. – Como você ia me dizendo.

Contei a ele que me chamava Edward Prendick e que recorrera aos estudos de história natural como uma forma de quebrar o tédio de uma existência confortável. Ele pareceu interessado nesse aspecto.

– Eu também tenho um histórico em ciências. Estudei biologia na University College, extraindo o ovário de minhocas e a rádula de caracóis e coisas assim. Senhor do céu! Isso já faz dez anos! Mas continue, continue! Conte-me sobre o barco.

Ele obviamente acreditou na sinceridade do meu relato, que narrei com frases curtas e concisas, pois me sentia terrivelmente fraco; e quando terminei ele voltou imediatamente ao tema da história natural e de seus estudos no ramo da biologia. Começou a me encher de perguntas sobre a Tottenham Court Road e a Gower Street.

– A Caplatzi ainda está aberta? Que loja fantástica era aquela! – Ele obviamente fora um estudante de medicina dos mais convencionais, e logo em seguida direcionou o tema da conversa para salões de baile e anedotas pitorescas.

– Deixei tudo isso para trás – ele revelou – há dez anos. Que tempos felizes! Mas na estupidez da minha juventude fui embora antes mesmo de completar 21 anos. Ouso dizer que hoje está tudo diferente. Mas preciso dar uma olhada na besta do cozinheiro, para ver como anda o seu carneiro.

Os grunhidos mais acima voltaram, tão repentinos e tão selvagemente furiosos que tive um sobressalto.

– O que é isso? – gritei para ele, mas a porta já estava fechada. Ele voltou com o carneiro cozido, e fiquei tão empolgado com o aroma apetitoso do prato, que me esqueci do barulho do animal que tanto me perturbara.

Depois de um dia alternando entre o sono e a alimentação, me senti recuperado a ponto de conseguir levantar do leito e ir até a escotilha, onde vi as ondas do mar esverdeado que nos cercava. Concluí que a escuna estava navegando a favor do vento. Montgomery – era esse o nome do homem de cabelos claros – apareceu de novo quando eu estava de pé, e lhe pedi algo para vestir. Ele me emprestou algumas peças de algodão grosso, pois as que eu usava no bote haviam sido lançadas ao mar. Ficaram bem largas em mim, pois ele era um sujeito robusto, de pernas e braços compridos.

E me contou em um tom casual que o capitão estava mais do que meio bêbado em sua cabine. Enquanto eu vestia as roupas, comecei a lhe fazer perguntas sobre o destino do navio. Ele me informou que o destino era o Havaí, mas que desembarcaria antes.

– Onde? – perguntei.

– É uma ilha... onde eu moro. Até onde sei, ela não tem nome.

Ele me encarou com o lábio inferior franzido para baixo, e de uma hora para outra me pareceu tão propositalmente estúpido que me passou pela cabeça que estivesse fazendo aquilo para evitar meus questionamentos.

– Estou pronto – falei.

Ele me conduziu para fora da cabine.

3

O ROSTO ESTRANHO

Saímos da cabine e encontramos no caminho um homem que obstruía nossa passagem na escada de tombadilho. Estava de pé nos degraus, de costas para nós, espiando pela escotilha. Dava para ver que era um sujeito disforme, baixo, largo e desajeitado, com uma corcunda nas costas, o pescoço peludo e a cabeça atarracada entre os ombros. Sua roupa era de sarja azul, e seus cabelos pretos eram especialmente grossos e crespos. Ouvi os cães rosnarem furiosamente, e ele recuou de imediato, fazendo contato com a mão que estendi para afastá-lo. Virou-se com uma rapidez animalesca.

O rosto negro diante de mim causou-me um susto profundo. Era de uma deformação singular. A face se projetava para a frente, formando algo que lembrava um focinho, e a imensa boca semiaberta mostrava dentes brancos enormes, como eu nunca tinha visto em nenhum ser humano. Os olhos eram injetados nas extremidades, com apenas um pequeno círculo branco visível em torno das íris castanhas. Havia um curioso brilho de empolgação em sua expressão.

– Maldição! – exclamou Montgomery. – Por que diabos você não sai do caminho?

O homem negro deu um passo para o lado sem dizer palavra.

Subi os degraus ainda olhando para ele, quase contra minha vontade. Montgomery ficou parado ao pé da escada por um momento.

– Seu lugar não é aqui, você sabe – ele falou em um tom menos áspero. – Seu lugar é lá na frente.

O homem negro se acovardou.

– Eles... não me querem lá na frente. – Ele falava devagar e tinha uma voz um tanto rouca.

– Não querem você lá na frente! – repetiu Montgomery em um tom ameaçador. – Mas estou mandando você ir. – Ele parecia prestes a dizer mais alguma coisa, porém me lançou um olhar repentino e começou a subir os degraus. Fiz uma pausa antes de chegar à escotilha e olhei para trás, ainda completamente atônito diante da feiura grotesca do negro. Eu nunca havia visto um rosto tão repulsivo e anticonvencional, mas – se é possível acreditar na contradição – ao mesmo tempo experimentava a estranha sensação de *já ter* encontrado aquelas exatas feições e aqueles gestos que tanto me impressionaram. Mais tarde me dei conta de que provavelmente o tinha visto quando fui trazido a bordo, porém não foi suficiente para aplacar minha desconfiança a respeito de um encontro anterior. No entanto, como eu poderia ter visto e esquecido um rosto tão singular era algo para que não havia explicação.

A movimentação de Montgomery atrás de mim desviou minha atenção, e me virei para observar o convés da pequena escuna. Os sons que ouvira antes me prepararam parcialmente para o que vi. Com certeza era o convés mais sujo em que meus olhos já tinham pousado. Estava atulhado de pedaços de cenoura, fragmentos de folhas verdes, uma imundice indescritível. Acorrentados ao mastro principal havia um grande número de cães de caça cinzentos, que começaram a saltar e latir para mim, e perto do mastro de ré estava uma enorme onça-parda em uma jaula de ferro tão pequena que mal permitia que a fera se virasse lá dentro. Mais a estibordo havia gaiolas grandes contendo vários coelhos, e uma lhama solitária estava espremida em uma jaulinha mínima um pouco mais adiante. Os focinhos dos cães estavam amarrados com tiras de couro. O único ser humano no convés era um marujo magro e silencioso ao leme.

As velas sujas e remendadas estavam infladas, e o pequeno navio parecia impulsionado por todo o vento que conseguia capturar. O céu estava limpo, e o sol já descia mais a oeste; ondas compridas, encimadas pela espuma agitada pela brisa, nos acompanhavam. Passamos pelo timoneiro e nos dirigimos à balaustrada de popa, onde lado a lado observamos a água espumar sob o casco e as bolhas que dançavam e se desfaziam sob a embarcação. Virei-me para contemplar a imagem desagradável do navio.

– Isto é um zoológico flutuante? – questionei.

– Ao que parece – respondeu Montgomery.

– Para que esses bichos? São algum tipo de mercadoria exótica? O capitão acha que vai conseguir vendê-los em algum lugar nos mares do sul?

– É o que parece, não? – rebateu Montgomery, virando-se para a água outra vez.

Ouvimos um grito repentino e uma saraivada de ofensas furiosas vindas da escada de tombadilho. O homem deformado de rosto negro apareceu correndo, seguido de perto por um sujeito ruivo e pesadão que usava um quepe branco. Quando viram o negro, os cães de caça, que a essa altura tinham se cansado de latir, ficaram furiosamente excitados, uivando e puxando as correntes com seus pulos. O negro hesitou ao vê-los, o que deu ao ruivo a oportunidade de se aproximar e desferir um golpe fortíssimo com o punho fechado entre as escápulas dele. O pobre-diabo despencou como um boi no abate e rolou na sujeira por entre os cães agitados. Para sua sorte, os animais estavam de focinheira. O ruivo soltou um grito exultante e cambaleou, aparentemente correndo sério risco de tombar para trás e rolar pela escada de tombadilho ou para a frente, na direção de sua vítima.

Assim que o segundo homem apareceu, Montgomery teve um sobressalto violento:

– Parem com isso! – ele gritou em um tom de repreenda. Uma dupla de marujos apareceu no castelo de proa.

O homem negro, uivando com um tom de voz peculiar, rolava aos pés dos cães. Ninguém tentou ajudá-lo. Os animais fizeram de tudo para feri-lo, batendo com os focinhos em seu corpo. Houve uma breve dança de corpos cinzentos e esguios em torno da estranha figura prostrada. Os marujos mais adiante gritavam como se estivessem testemunhando uma grande brincadeira. Montgomery soltou uma exclamação furiosa e saiu pisando duro pelo convés. Fui atrás.

No instante seguinte, o negro conseguiu sair cambaleando para a frente. Ele se curvou sobre a amurada perto dos mastros principais, onde ficou parado por um tempo, ofegante e olhando por cima do ombro para os cães. O ruivo soltou uma risada de satisfação.

– Escute aqui, capitão – disse Montgomery, com o ceceio um pouco mais acentuado, segurando o ruivo pelos cotovelos. – Assim não vai dar.

Eu me coloquei atrás de Montgomery. O capitão virou-se parcialmente e o encarou com o olhar vago e solene de um bêbado.

– O que não vai dar? – ele rebateu e acrescentou, ao contemplar com uma expressão sonolenta o rosto de Montgomery por um minuto: – Maldito serrador de ossos!

Com um movimento brusco, ele libertou os braços e, depois de duas tentativas malsucedidas, conseguiu enfiar as mãos sardentas nos bolsos.

– Aquele homem é um passageiro – disse Montgomery. – Sugiro que não encoste mais as mãos nele.

– Vá para o inferno! – gritou o capitão. Virou-se de repente e cambaleou para o lado. – Posso fazer o que quiser no meu navio – retrucou.

Na minha opinião, Montgomery deveria ter encerrado a conversa, pois o brutamontes estava completamente bêbado. Mas ele se limitou a ficar um pouquinho mais pálido e seguiu o capitão até a amurada.

– Escute aqui, capitão – ele insistiu. – Meu homem não deve ser maltratado. Ele vem sendo atormentado desde que subiu a bordo.

Por um instante, o efeito do álcool deixou o capitão sem palavras.

– Maldito serrador de ossos! – foi tudo o que considerou necessário exclamar.

Dava para notar que Montgomery tinha um temperamento difícil, e vi que o desentendimento já vinha se arrastando há algum tempo.

– Ele está bêbado – falei, talvez indevidamente. – Não adianta tentar conversar.

Montgomery contorceu o lábio franzido para baixo:

– Ele está sempre bêbado. Você acha que isso serve de pretexto para atacar os passageiros?

– Meu navio – começou o capitão, apontando para as jaulas – era uma embarcação limpa. Veja só como está agora. – Sem dúvida era uma embarcação que poderia ser considerada quase tudo, menos limpa. – E a tripulação – continuou o capitão. – Era uma tripulação limpa e respeitável.

– Você concordou em trazer os animais.

– Eu me arrependo do dia em que pus os olhos na sua ilha infernal. Que diabos... para que animais em uma ilha como aquela? Esse seu homem... isso se for mesmo um homem. Ele é um lunático. E não tinha nada que estar onde estava. Está pensando que o navio inteiro pertence a você?

– Seus marujos começaram a atormentá-lo assim que ele subiu a bordo.

– É que ele... ele é um demônio, um demônio horroroso. Meus homens não suportam a presença dele. Eu não suporto a presença dele. Nem *você* suporta a presença dele.

Montgomery virou para o outro lado.

– *Vocês* tratem de deixá-lo em paz mesmo assim – ele falou, acenando com a cabeça.

Mas o capitão não queria encerrar a discussão. Elevou o tom de voz:

– Se ele aparecer deste lado do navio outra vez, vou arrancar as tripas dele, estou avisando. Vou arrancar as tripas dele! Quem é *você* para me dizer o que *eu* devo fazer? Saiba que sou o capitão deste navio... capitão e proprietário. Fique sabendo que eu sou a lei por aqui... a lei e seu profeta. Eu concordei em transportar um homem e seu acompanhante em uma viagem de ida e volta a Arica, trazendo na volta alguns animais. Jamais pensei que fosse transportar um demônio enlouquecido e um serrador de ossos maluco, um...

Bem, é desnecessário relatar do que ele chamou Montgomery. Mas, quando o vi dar um passo à frente, coloquei-me entre os dois:

– Ele está bêbado – falei. O capitão começou com ofensas ainda mais pesadas que a anterior. – Calado – eu disse, virando-me para ele, pois vi na expressão do rosto branco de Montgomery um sinal de perigo. Com isso, consegui desviar a chuva de impropérios para mim.

Fiquei contente de interromper uma discussão que estava extraordinariamente perto de chegar às vias de fato, ainda que ao custo de atrair a má vontade do capitão. Acho que nunca tinha ouvido tamanho jorro de linguagem obscena da boca de um único homem antes, apesar de já ter frequentado companhias das mais excêntricas. Foi uma coisa difícil de suportar, embora eu seja um homem comedido. Mas, quando mandei que o capitão se calasse, certamente ignorei que era só um destroço humano de naufrágio, sem qualquer recurso próprio, transportado de favor, um beneficiário ocasional da generosidade – ou do interesse comercial – da embarcação. Ele me lembrou disso com um vigor considerável. Porém, o mais importante era que eu tinha evitado uma briga.

4

NA AMURADA DA ESCUNA

Naquela noite, a terra foi avistada logo depois do pôr do sol, e a escuna tomou aquela direção. Montgomery deu a entender que se tratava do seu destino. Estava distante demais para que algo fosse visto em detalhes; àquela altura, parecia só uma mancha pálida em um mar indistinto de azul cinzento. Uma nuvem quase vertical de fumaça se erguia para o céu.

O capitão não estava no convés quando a terra foi avistada. Depois de descarregar sua fúria sobre mim, ele cambaleou de volta para as entranhas da embarcação, e fiquei sabendo que tinha ido dormir no chão de sua cabine. O imediato era quem estava no comando na prática. Aparentemente, estava tão irritado comigo quanto com Montgomery. Ele não deu a menor atenção para nós. Jantamos com ele em um silêncio melancólico, depois de algumas tentativas malogradas da minha parte de iniciar uma conversa. Foi quando me dei conta de que os tripulantes encaravam a minha companhia com o mesmo desgosto que tinham por Montgomery e seus animais. Montgomery foi bem reticente sobre o propósito das criaturas a bordo e seu destino, e eu não o pressionei, apesar de estar cada vez mais curioso.

Ficamos conversando no tombadilho superior até o céu se encher de estrelas. A não ser por um ou outro ruído no castelo de proa iluminado, e uma ou outra movimentação dos animais, era uma noite bem silenciosa. A onça-parda permaneceu deitada, nos observando com seus olhos brilhantes, encolhida no canto da cela. Os cães pareciam adormecidos. Montgomery pegou alguns charutos.

Ele falou comigo sobre Londres em um tom de saudade quase doloroso, fazendo várias perguntas sobre o que havia mudado por lá. Montgomery falava como um homem que adorava a vida na cidade, da qual fora afastado de forma súbita e inapelável. Contei a ele tudo o que poderia. Durante todo o tempo, sua estranheza foi ficando cada vez mais clara na minha mente, e enquanto falava eu aproveitava para observar seu rosto pálido e peculiar sob a luz fraca do lampião atrás de mim. Então me virei para o mar escuro, no local onde se escondia sua pequena ilha.

Aquele homem, segundo meu ponto de vista, tinha surgido da Imensidão apenas para salvar a minha vida. No dia seguinte, sairia de cena e desapareceria para sempre da minha existência. Mesmo que tivéssemos nos conhecido em circunstâncias normais, eu não deixaria de ficar um tanto apreensivo. Mas o que chamou minha atenção a princípio foi a singularidade de um homem instruído vivendo em uma ilha desconhecida e, além disso, a natureza extraordinária daquilo que transportava consigo. Eu me peguei repetindo o questionamento do capitão: o que ele queria com aqueles animais? E, também, por que fingira que não eram dele quando comentei a respeito pela primeira vez? Além do mais, seu acompanhante tinha um aspecto bizarro que me causou uma má impressão profunda. Tais circunstâncias cercavam o homem de uma aura de mistério, capturando a minha imaginação e travando a minha língua.

Perto da meia-noite, a conversa sobre Londres se esgotou e ficamos debruçados sobre a amurada, contemplando distraidamente o mar silencioso e iluminado pelas estrelas, cada um absorto em seus próprios pensamentos. A atmosfera sentimental fez aflorar minha gratidão.

– Se me permite dizer – falei depois de um tempo –, você salvou a minha vida.

– Por acaso – ele respondeu. – Por puro acaso.

– Pois eu faço questão de agradecer ao agente desse acaso.

– Não precisa agradecer a ninguém. Você estava em situação de necessidade, e eu em condições de ajudar. Dei as injeções e alimentei você por interesse científico. Estava entediado, precisava arrumar o que fazer. Se estivesse mal-humorado naquele dia, ou se não tivesse ido com sua cara, bem... É impossível saber onde você estaria agora.

Essa resposta tornou o clima um pouco mais pesado.

– De qualquer forma... – comecei.

– Foi o acaso, estou dizendo – ele interrompeu –, como tudo mais na vida de um homem. Só os idiotas não veem isso. Por que estou aqui neste momento, isolado da civilização, em vez de viver como um homem feliz, desfrutando dos prazeres de Londres? Apenas porque, onze anos atrás, eu perdi a cabeça em uma noite de neblina.

Ele se interrompeu.

– E o que mais? – perguntei.

– Isso é tudo.

Voltamos ao silêncio. Depois ele riu.

– Tem alguma coisa nessas noites estreladas que solta nossa língua. Eu sou um idiota, e por algum motivo estou com vontade de contar a você.

– O que quer que você me conte, saiba que pode contar com a minha discrição... Se o problema for esse.

Ele parecia prestes a começar seu relato, mas sacudiu a cabeça, indeciso.

– Então, não fale – eu disse. – Para mim, tanto faz. No fim das contas, é melhor para você manter seu segredo. Se eu for digno de confiança, você não tem nada a ganhar a não ser um alívio passageiro. Se eu não for... então?

Ele soltou um grunhido, indeciso. Senti que o havia colocado em uma posição desvantajosa, em um dia em que parecia inclinado a indiscrições; e, sendo bem sincero, eu não estava muito curioso para saber o que o afastara de Londres quando era um jovem estudante de Medicina. Imaginação é o que não me falta. Dei de ombros e me virei para o outro lado. Na balaustrada de popa havia um único vulto escuro e silencioso, observando as estrelas. Era o estranho acompanhante de Montgomery. Ele deu uma espiada rápida por cima do ombro ao notar minha movimentação e logo em seguida virou-se outra vez.

Pode parecer uma coisa insignificante, mas para mim foi como um soco no estômago. A única luz perto de nós era a de um lampião pendurado sobre o leme. O rosto da criatura se virou apenas por um breve instante, mas apesar da precariedade da iluminação vi seus olhos cravados em mim, com um leve brilho verde-claro.

Na época eu não sabia que não era incomum uma luminosidade avermelhada se refletir nos olhos das pessoas. Aquilo me pareceu absolutamente inumano. Aquele vulto negro, com seus olhos de fogo, varreu da minha mente meus pensamentos e sentimentos de homem feito, e por um instante todos os temores esquecidos da infância vieram à tona. A sensação passou com a mesma rapidez com que chegou. A silhueta de um homem, uma figura sem qualquer importância específica, estava debruçada na balaustrada de popa, contra a luz das estrelas, e percebi que Montgomery estava falando comigo.

– Estou pensando em ir me deitar – ele falou –, se você não se importa.

Dei uma resposta qualquer. Nós descemos, e ele me desejou boa-noite à porta da minha cabine.

Nessa noite, tive sonhos desagradáveis. A lua minguante apareceu tarde. Sua luz surgiu como uma viga branca fantasmal atravessando a minha cabine, criando uma forma agourenta nas tábuas ao lado da cama. Então os cães acordaram e começaram a uivar e se agitar, o que tornou meu sono sobressaltado e escasso até o amanhecer.

5

O DESEMBARQUE NA ILHA

No dia seguinte bem cedo – era minha segunda manhã depois de ter me recuperado e creio que a quarta após meu resgate – acordei em meio a sonhos turbulentos, com armas e multidões histéricas, e ouvi uma gritaria bem acima de mim. Esfreguei os olhos e continuei deitado, escutando a barulheira, e por um instante não reconheci o local onde estava. Então escutei passos vigorosos de pés descalços, o som de objetos pesados sendo jogados de um lado para o outro, um estalo violento e o arrastar de correntes. A água se agitou quando o navio deu meia-volta de repente, e uma onda espumosa e esverdeada surgiu na pequena escotilha redonda, que ficou encharcada. Vesti-me às pressas e subi para o convés.

No alto da escada vi contra o céu avermelhado – pois o sol estava só começando a se erguer – as costas largas e os cabelos ruivos do capitão, e por cima de seu ombro a onça-parda girando suspensa por um cabo preso a uma polia no mastro de ré. A pobre criatura parecia assustadíssima, toda encolhida em sua pequena jaula.

– Vamos pôr tudo para fora! – berrou o capitão. – Vamos pôr tudo para fora! Vou querer o navio limpo assim que nos livrarmos de tudo isso.

Ele estava parado no meu caminho, o que me forçou a dar um tapinha em seu ombro para subir ao convés. Ele se virou com um sobressalto e deu alguns passos atrás para me olhar. Não era preciso ser um especialista para perceber que o homem ainda estava embriagado.

– Olá! – ele falou, abobalhado, mas então uma luz se acendeu em seus olhos. – Ora, é o senhor... o senhor...?

– Prendick – falei.

– Prendick uma ova! – ele retrucou. – Calado... é esse o seu nome. Senhor Calado.

Não adiantava tentar argumentar com o brutamontes. Mas com certeza eu não esperava pelo que veio a seguir. Ele apontou para a rampa de desembarque, junto à qual Montgomery conversava com um grandalhão grisalho vestido em roupas imundas de flanela azul, que aparentemente tinha acabado de subir a bordo.

– Por ali, sr. Calado. Por ali – rugiu o capitão.

Montgomery e seu interlocutor viraram para mim.

– Como assim? – perguntei.

– Por ali, maldito sr. Calado... foi isso mesmo que eu disse. Fora daqui, sr. Calado... e depressa. Estamos evacuando o navio, limpando a sujeira deste bendito navio. E você vai sair daqui.

Fiquei olhando para ele, estupefato. Então me dei conta de que era exatamente isso que eu queria. A perspectiva de não ter que encarar uma viagem como único passageiro daqueles brutos não era motivo para lamentação. Virei-me para Montgomery.

– Não posso levar você – disse o interlocutor de Montgomery, secamente.

– Não pode me levar! – eu repeti, perplexo. Ele tinha o rosto mais anguloso e resoluto que já vi na vida. – Escute aqui – comecei, virando para o capitão.

– Ao mar – disse o capitão. – Este navio não foi feito para bichos selvagens e canibais, ou coisa pior que bichos selvagens e canibais, já chega disso. Vai sair daqui... sr. Calado. Se eles não puderem recebê-lo, vai ficar à deriva. Mas vai sair de qualquer jeito! Junto com seus amigos. Não quero saber dessa ilha nunca mais! Estou cansado dessa história!

– Mas Montgomery... – tentei argumentar.

Ele contorceu o lábio inferior e apontou com o queixo para o homem grisalho ao seu lado, como quem dizia que nada poderia fazer para me ajudar.

– Eu dou um jeito em *você* daqui a pouco – disse o capitão.

Foi quando começou uma curiosa discussão tríplice. Tentei fazer apelos alternados para cada um dos três homens, primeiro ao grisalho, para que me desembarcasse em terra firme, e então ao capitão embriagado, para que permitisse minha presença a bordo. Tentei inclusive gritar uma coisa ou outra para os marujos. Montgomery manteve-se em silêncio, apenas sacudia a cabeça.

– Você vai sair daqui, já falei – o capitão repetia. – Que se dane a lei! Eu sou o rei por aqui.

Por fim, sou obrigado a confessar que minha voz ficou embargada no meio de uma ameaça vigorosa. Senti que me aproximava de um ataque de histeria e me afastei, olhando desoladamente para o nada.

Enquanto isso os marujos prosseguiam rapidamente com a tarefa de desembarcar a carga e os animais enjaulados. Uma lancha grande com duas velas estava posicionada ao lado da escuna, e era para essa embarcação que a carga estava sendo passada. Nesse primeiro momento eu não vi os trabalhadores da ilha encarregados de receber a carga, porque o casco da lancha estava escondido de mim pela lateral da escuna.

Montgomery e seu interlocutor me ignoravam totalmente, ocupados em auxiliar e orientar os quatro ou cinco marujos que desembarcavam a carga. O capitão tomou parte nos trabalhos, mais atrapalhando do que ajudando. Eu alternava entre o pessimismo e o desespero. Uma ou duas vezes, enquanto esperava que eles terminassem, inclusive cheguei a rir da minha própria infelicidade. A falta de um café da manhã cobrava seu preço. A fome e a ausência de glóbulos vermelhos tiram toda a fibra de um homem. Percebi claramente que não tinha vigor para resistir à decisão do capitão de me expulsar, nem para obrigar Montgomery e seu companheiro a aceitarem minha presença. Fiquei esperando passivamente pelo meu destino, e o trabalho de transferência da carga de Montgomery para a lancha continuou como se eu nem ao menos estivesse ali.

Em seguida o trabalho terminou, e então começou a luta. Fui arrastado, quase sem impor resistência, até a rampa de desembarque. Mesmo nesse momento reparei na estranheza dos rostos morenos dos homens que acompanhavam Montgomery na lancha, que já estava totalmente carregada e zarpou dali às pressas.

Um trecho cada vez maior de água esverdeada aparecia sob o meu corpo, e me inclinei para trás com todas as forças para não cair de cabeça.

Os trabalhadores da lancha deram gargalhadas, e ouvi Montgomery xingando-os. Foi quando o capitão, o imediato e um dos marujos me conduziram para a popa. O bote do *Lady Vain* estava sendo rebocado por eles, com água pela metade, sem os remos e sem provisões. Recusei-me a descer para o bote e me atirei sobre o convés. No fim eles acabaram me descendo por uma corda, pois a escuna não tinha escada de popa, e cortaram a corda que puxava o bote.

Pouco a pouco, vi a escuna se afastar. Em uma espécie de estupor, observei enquanto os marujos trabalhavam no cordame, e com movimentos lentos e constantes a embarcação foi ganhando vento. As velas se inflaram e rangeram ao pegarem o vento com toda a força. Fiquei observando a lateral gasta do casco passando por mim. E então a escuna desapareceu do meu campo de visão.

Não virei a cabeça para acompanhá-la. A princípio, mal conseguia acreditar no que estava acontecendo. Fiquei agachado no fundo do bote, atordoado, olhando cegamente para o mar vazio e oleoso. Foi quando me dei conta de que estava de volta ao meu pequeno inferno particular, e dessa vez seminaufragado. Olhando por cima da beirada do bote, vi a escuna se afastando e o capitão ruivo zombando de mim na balaustrada de popa; quando virei para a ilha, vi a lancha ficando cada vez menor à medida que se aproximava da praia.

Subitamente, a crueldade daquela situação de abandono se tornou clara para mim. Eu não tinha como chegar à terra firme, a não ser que o acaso me conduzisse até lá. Ainda estava fraco, é bom lembrar, em virtude do tempo em que fiquei à deriva no bote; estava zonzo e sem energias, ou então talvez me faltasse determinação. Comecei a soluçar, como não fazia desde garotinho. As lágrimas escorriam pelo meu rosto. Movido pelo desespero, afundei as mãos na água no fundo do bote, e comecei a chutar a borda da embarcação. Rezei em voz alta para que Deus me concedesse uma morte rápida.

6

OS BARQUEIROS DE APARÊNCIA MALIGNA

Mas os habitantes da ilha, quando viram que eu estava de fato à deriva, ficaram com pena de mim. Movia-me lentamente na direção leste, me aproximando da ilha pouco a pouco, e percebi com alívio histérico que a lancha tinha dado meia-volta e retornava para me pegar. A embarcação estava totalmente carregada e, quando chegou mais perto, vi o companheiro grisalho e corpulento de Montgomery sentado todo espremido em meio aos cães e vários caixotes perto da vela de popa. O sujeito me encarava fixamente sem falar nem se mover. O negro deformado me olhava da proa, perto da onça-parda. Havia mais três homens ao seu lado, sujeitos estranhos com aparência de brutos para quem os cães de caça rosnavam de maneira selvagem. Montgomery, que estava no leme, aproximou a embarcação de mim e, apanhando a corda de atracação para me rebocar, amarrou o bote à lancha, pois não havia mais espaço a bordo.

A essa altura eu já estava recuperado do momento de histeria e respondi a seu grito com alguma bravura quando ele me chamou. Contei que o bote estava quase cheio d'água e ele me atirou um balde. Fui jogado para trás com o tranco quando a corda se estendeu entre as duas embarcações. Por algum tempo me ocupei de tirar a água com o balde.

Foi só quando consegui fazer baixar o nível da água – que tinha entrado por cima da beirada do bote, pois o casco estava em perfeito estado – que tive tempo para observar outra vez as pessoas a bordo da lancha.

O sujeito grisalho, percebi, ainda me encarava fixamente, mas dessa vez com uma expressão de certa perplexidade. Quando os meus olhos encontraram os seus, ele baixou a cabeça para observar os cães de caça sentados entre seus joelhos. Era um homem robusto, como mencionei, com uma testa avantajada e feições bem demarcadas; os olhos, porém, tinham as pálpebras caídas tão comuns com a idade avançada, e a boca curvada para baixo nos cantos lhe conferia uma expressão de determinação implacável. Ele conversava com Montgomery em um tom baixo demais para que eu ouvisse. Meus olhos passaram dele para os três homens e a estranha tripulação que formavam. Vi apenas seus rostos, mas havia algo de estranho em sua aparência – eu não sabia exatamente o quê – que me provocava uma grande aversão. Olhei mais atentamente para eles e a má impressão não passou, embora eu não conseguisse identificar o motivo. Eles me pareciam pardos, mas seus membros estavam cobertos por um tecido branco, fino e encardido, inclusive nos dedos das mãos e nos pés. Eu nunca tinha visto homens com o corpo tão coberto, e no caso das mulheres só conhecia hábitos assim no Oriente. Eles usavam turbantes também, por baixo dos quais direcionavam seus rostos de elfos para mim, com queixos protuberantes e olhos reluzentes. Os cabelos eram pretos e grossos, quase como crinas de cavalos, e eles pareciam, apesar de sentados, ter uma estatura superior a qualquer outra raça de homens que tive a oportunidade de ver. O sujeito grisalho, que devia ter mais de um metro e oitenta de altura, parecia mais baixo que todos os três. Mais tarde descobri que nenhum deles era mais alto que eu, porém seus troncos eram anormalmente alongados, e da cintura para baixo eram atarracados e curiosamente deformados. Sob qualquer ponto de vista eram incrivelmente feios, e por cima de suas cabeças, sob a vela dianteira, encontrei o rosto negro do homem cujos olhos brilhavam no escuro.

Os olhares dos homens encontraram o meu, e primeiro um e depois os demais viraram a cabeça e começaram a me espiar de uma forma estranha e furtiva. Então me ocorreu que talvez eles estivessem incomodados, e voltei minha atenção para a ilha da qual nos aproximávamos.

Tinha um relevo baixo e era coberta por uma vegetação cerrada, composta principalmente pelas inevitáveis palmeiras. De um determinado ponto, uma nuvem branca e rala de vapor subia inclinadamente até uma altura imensa e então flutuava para longe como uma pena caída de pássaro. Já estávamos nos domínios de uma baía extensa, ladeada à esquerda e à direita por um promontório baixo. O chão da praia era de uma areia cinzenta e opaca, e logo adiante havia uma elevação que ficava cerca de vinte ou trinta metros acima do nível do mar, preenchida por árvores esparsas e vegetação rasteira. Na metade da elevação havia um cercado quadrado de pedra, que mais tarde descobri ser feito em parte de coral e em parte de pedra-pomes. Era possível ver dois telhados inclinados de palha dentro do cercado.

Um homem nos esperava na beira d'água. Enquanto ainda estávamos distantes, imaginei ter visto outras daquelas criaturas grotescas se movimentando entre os arbustos na encosta, porém não vi ninguém por lá quando cheguei mais perto. O homem tinha altura mediana e um rosto escuro e negroide. A boca era larga, com lábios quase inexistentes, os braços eram extraordinariamente finos, os pés eram compridos e as pernas, curvadas. Ele se mantinha imóvel com o rosto de feições toscas voltado para nós. Estava vestido como Montgomery e seu companheiro grisalho, com jaqueta e calça de sarja azul.

Quando nos aproximamos um pouco mais, o indivíduo começou a correr de um lado para o outro pela praia, fazendo gestos dos mais grotescos. Ao ouvir uma palavra de comando de Montgomery, os quatro homens na lancha se levantaram com movimentos peculiares e desajeitados e baixaram as velas. Montgomery manobrou a embarcação até um cais pequeno e estreito escavado na praia. O homem à beira d'água veio correndo na nossa direção. O que chamei de cais na verdade era só uma vala comprida o bastante para, naquela fase da maré, permitir que a lancha atracasse.

Ouvi o som da proa contra a areia, impedi com o balde que o leme de direção da lancha atingisse o bote e, soltando a corda que me rebocava, atraquei. Os três trabalhadores, com movimentos dos mais desajeitados, cambalearam até a areia e começaram a desembarcar a carga, auxiliados pelo homem na praia.

Chamou minha atenção especialmente a curiosa movimentação das pernas dos três barqueiros cobertos dos pés à cabeça – não era rígida, e sim distorcida de alguma estranha maneira, quase como se as juntas estivessem no lugar errado. Os cães ainda rosnavam, puxando as correntes para tentar perseguir os três, enquanto o sujeito grisalho desembarcava atrás deles.

Os três grandalhões falavam entre si com estranhos sons guturais, e o homem que nos esperava na praia começou a conversar animadamente com eles – em uma língua estrangeira, pelo que pude notar – enquanto carregavam alguns fardos empilhados perto da popa. Eu já tinha escutado uma voz como aquela em algum lugar, mas não conseguia me lembrar de onde. O sujeito grisalho estava no meio dos cães, que latiam alto, berrando ordens por cima da balbúrdia. Montgomery, depois de sair do leme, desembarcou também, e todos começaram a trabalhar na descarga das mercadorias. Eu estava fraco demais, em virtude do longo jejum e do sol implacável sobre a cabeça descoberta, para ter alguma serventia.

Nesse momento, o sujeito grisalho pareceu se lembrar da minha presença e veio até mim.

– Você parece estar sem comer há um bom tempo – ele comentou.

Seus olhos miúdos brilhavam sob as sobrancelhas grossas.

– Devo me desculpar por isso. Agora você é nosso hóspede, e devemos cuidar de seu conforto, apesar de ser uma visita indesejada.

Ele olhou bem para mim.

– Montgomery falou que você é um homem instruído, sr. Prendick, com conhecimentos científicos. Posso saber o que isso significa exatamente?

Contei a ele que passara alguns anos no Royal College of Science, e que fizera algumas pesquisas no ramo da biologia sob a orientação de Huxley. Ele ergueu as sobrancelhas levemente ao ouvir isso.

– Isso muda um pouco a coisa de figura, sr. Prendick – respondeu, com um tom ligeiramente mais respeitoso. – Na verdade, somos biólogos por aqui. Isto é um laboratório de biologia... em certo sentido. – Seus olhos se voltaram para os homens de branco, que estavam transportando apressadamente a onça-parda para o cercado quadrado. – Eu e Montgomery, pelo menos – ele acrescentou.

E então:

– Quando você vai conseguir ir embora, eu não sei. Estamos fora das rotas para qualquer lugar. Vemos um navio por aqui só uma vez por ano, mais ou menos.

Ele me deu as costas de forma abrupta, passou pela praia onde estava seu grupo e, penso eu, entrou no cercado. Os outros dois homens empilhavam os caixotes menores junto com Montgomery em uma carroça baixa. A lhama ainda estava na lancha, junto com os coelhos; os cães ainda estavam amarrados aos mastros. Depois de empilhar as coisas, os três homens começaram a puxar a carroça, que devia ter mais ou menos uma tonelada, na direção de onde tinham carregado a onça-parda. Nesse momento, Montgomery os deixou e, vindo até mim, estendeu a mão.

– Da minha parte, fico contente – ele falou. – Aquele capitão era um tolo. Teria tornado as coisas dificílimas para você.

– Foi você que me salvou de novo – comentei.

– Não necessariamente. Você vai considerar esta ilha um lugar infernal, posso garantir. Eu tomaria muito cuidado, se fosse você. *Ele...* – Montgomery hesitou, e pareceu ter mudado de ideia sobre o que ia dizer. – Queria que você me ajudasse com os coelhos – ele falou.

Seu modo de proceder com os coelhos foi bem singular. Fui andando na água com ele e o ajudei a transportar uma das gaiolas para a praia. Assim que fizemos isso, ele abriu a porta e inclinou a gaiola para o lado, lançando seu conteúdo vivo ao chão. Os animais caíram uns por cima dos outros. Ele bateu palmas, e os bichos saíram aos pulinhos, quinze ou vinte deles, estimo eu, pela praia.

– Cresçam e se multipliquem, amiguinhos – disse Montgomery. – Se espalhem pela ilha. Temos enfrentado certa escassez de carne por aqui.

Enquanto os animais sumiam das vistas, o sujeito grisalho reapareceu com uma garrafa de conhaque e algumas bolachas.

– Para manter Prendick de pé – ele disse, em um tom um pouco mais íntimo do que o anterior.

Eu não respondi, mas ataquei as bolachas imediatamente, enquanto o sujeito grisalho ajudava Montgomery a soltar mais algumas dezenas de coelhos. Os três grandalhões, porém, subiram para a casa com a onça-parda. No conhaque eu nem encostei, porque sempre fui abstêmio, a vida toda.

7

A PORTA TRANCADA

O leitor há de entender que a princípio era tudo tão estranho para mim, e minha situação era fruto de aventuras tão inesperadas, que eu não tinha como me prender à estranheza específica desse ou daquele aspecto. Segui a lhama pela praia e fui interceptado por Montgomery, que me pediu para não entrar no cercado de pedra. Percebi então que a onça-parda ainda estava na jaula e que a pilha de fardos tinha sido posicionada diante da entrada da área cercada.

Quando me virei, vi que a lancha fora descarregada, manobrada e atracada, e que o sujeito grisalho vinha na nossa direção. Ele dirigiu a palavra a Montgomery.

– E agora temos esse problema do hóspede indesejado. O que vamos fazer com ele?

– Ele tem algum conhecimento de ciência – respondeu Montgomery.

– Estou ansioso para voltar ao trabalho... com esse novo material – disse o grisalho, apontando com o queixo para o cercado. Os olhos dele brilharam.

– Imagino que esteja mesmo – comentou Montgomery, em um tom nada cordial.

– Não podemos mandá-lo para lá, e não temos tempo sobrando para construir uma nova cabana. E com certeza ainda não podemos considerá-lo de confiança.

— Estou em suas mãos — eu disse, sem fazer a menor ideia do que ele quisera dizer com "mandá-lo para lá".

— Estava pensando exatamente nisso — respondeu Montgomery. — Eu tenho aquele cômodo com a porta externa...

— Isso mesmo — concordou prontamente o homem mais velho, olhando para Montgomery enquanto nós três nos dirigíamos ao cercado. — Lamento o clima de mistério, sr. Prendick... mas você sabe que está aqui sem ser convidado. Nossas modestas instalações contêm alguns segredinhos, uma espécie de tesouro do Barba Azul, na verdade. Nada muito assustador, na prática... para um homem são. Mas pelo menos por ora... enquanto não conhecemos você...

— Claro — falei. — Eu seria um tolo se me ofendesse por não ter sua confiança.

Ele contorceu os lábios pesados em um leve sorriso — era do tipo saturnino, que sorria com os cantos da boca voltados para baixo — e fez um aceno breve com a cabeça. Passamos diante da entrada principal do cercado; era um portão pesado de madeira, com grades de metal e mantido trancado, com a carga da lancha empilhada do lado de fora; em um dos cantos chegamos a uma pequena porta que eu não tinha visto antes. O sujeito grisalho sacou um molho de chaves do bolso da jaqueta azul ensebada, abriu a porta e entrou. As chaves e o fato de o local ficar trancafiado mesmo quando ele estava por perto me chamaram a atenção.

Eu o segui e me vi em um pequeno cômodo, mobiliado de forma simples porém confortável, com uma porta interior, que estava ligeiramente entreaberta, com acesso para um pátio pavimentado. Montgomery tratou de trancar imediatamente a porta interna. Havia uma rede pendurada no canto mais escuro do cômodo e uma pequena janela sem vidro, protegida por uma grade de ferro, com vista para o mar.

Aquele, explicou o sujeito grisalho, seria o meu quarto, e a porta interior, "para evitar acidentes", segundo ele, seria trancada pelo outro lado e marcaria o limite de onde eu poderia circular. Ele me indicou uma escrivaninha convenientemente posicionada perto da janela e me mostrou uma coleção de livros antigos, que descobri se tratarem de obras de referência sobre cirurgias e edições dos clássicos gregos e latinos – idiomas que só consigo ler com boa dose de esforço –, em uma prateleira perto da rede. Ele saiu do cômodo pela porta externa, como se quisesse evitar que a interior fosse aberta outra vez.

– Em geral fazemos nossas refeições aqui – contou Montgomery, e então, como se estivesse confuso, saiu atrás do outro. – Moreau – eu o ouvi chamar, e nesse primeiro momento não atentei para isso. Foi só quando estava mexendo nos livros da prateleira que um pensamento me veio à mente: onde eu tinha ouvido o nome Moreau antes?

Sentei-me diante da janela, peguei o restante das bolachas e comi com vontade.

– Moreau?

Pela janela, vi um dos inclassificáveis homens de branco carregando um caixote pela praia, mas logo acabou escondido pela moldura da janela. Em seguida ouvi uma chave ser inserida e girada na fechadura atrás de mim. Depois de um instante escutei, do outro lado da porta, o ruído dos cães, que nesse momento estavam sendo conduzidos pela praia. Não estavam latindo, só farejando e rugindo de uma forma curiosa. Dava para ouvir seus passos acelerados e a voz de Montgomery acalmando-os.

Fiquei impressionadíssimo com a atmosfera de segredo que os dois elaboraram em torno do que havia no local, e por um tempo me vi pensando sobre isso e sobre a minha familiaridade com o nome Moreau. A memória humana, porém, é uma coisa tão curiosa que eu não conseguia associá-lo a absolutamente nada. Em seguida meus pensamentos se voltaram para a aparência indefinível e exótica do homem envolto em tecido branco na praia. Eu nunca havia visto tal jeito de andar, aquele tipo de movimentação enquanto ele transportava a caixa. Lembrei que nenhum deles tinha falado comigo, embora quase todos tivessem me espiado em um momento ou outro de uma forma peculiar e furtiva, algo bem diferente do olhar franco e direto dos selvagens incultos em geral. Fiquei me perguntando que língua falariam. Pareciam todos extremamente taciturnos, e quando abriam a boca revelavam vozes perturbadoras. Qual era o problema com eles? Então me recordei dos olhos do ajudante de Montgomery na escuna.

Enquanto eu pensava nisso, ele entrou. Estava vestido de branco e carregava uma bandeja com café e vegetais cozidos. Foi impossível evitar um estremecimento quando se aproximou e, fazendo uma mesura simpática, pôs a bandeja diante de mim sobre a mesa.

Foi quando o atordoamento me paralisou por completo. Sob os cachos escuros avistei sua orelha, que se aproximou de forma súbita do meu rosto. O homem tinha orelhas pontudas, cobertas por uma pelagem fina!

– Seu café da manhã, senhor – ele falou. Fiquei olhando para o seu rosto, sem nem tentar esboçar uma resposta. Ele se virou para a porta e saiu, me espiando de maneira estranha por cima do ombro.

Eu o segui com os olhos e, enquanto o fazia, por alguma associação mental inconsciente, me vieram à mente algumas palavras: "Os temores de Moreau", era isso? Era alguma coisa envolvendo o nome de Moreau. Oh! Foi como se eu voltasse dez anos no tempo. "Os terrores de Moreau." Essas palavras vagaram na minha mente por um momento, e então visualizei as palavras impressas em vermelho em uma brochura amarelada, o que me deixou trêmulo e arrepiado. Foi quando lembrei distintamente. Uma brochura havia muito esquecida voltou à minha mente com uma vividez assustadora. Eu era só um rapazote na época, e Moreau, se não me engano, devia estar na casa dos cinquenta; era um fisiologista de renome e altas habilidades, conhecido nos círculos científicos por sua extraordinária imaginação e seus modos brutalmente diretos nas discussões em que se envolvia. Seria o mesmo Moreau? Ele publicara fatos aterradores relacionados à transfusão de sangue e, além disso, era conhecido por produzir avanços valiosos em seu trabalho com tumores malignos. Então, de forma súbita sua carreira foi encerrada e ele precisou deixar a Inglaterra. Um jornalista conseguiu acesso a seu laboratório, contratado como assistente, com a intenção deliberada de produzir notícias sensacionalistas; e em virtude de um acidente aterrador – caso tenha sido mesmo um acidente –, seu sinistro panfleto se tornou conhecido. No dia de sua publicação, um cão maltratado, esfolado e mutilado escapou da casa de Moreau.

Era época de férias de verão, quando os jornais ficavam sem assunto, e um famoso editor, primo do tal assistente temporário de laboratório, decidiu fazer um apelo à consciência da nação. Não era a primeira vez que a consciência nacional se voltava contra métodos de pesquisa. O médico foi simplesmente expulso do país. Talvez até merecesse, mas ainda acho que o apoio tímido de seus colegas e o abandono a que se viu submetido pelos demais cientistas foi uma coisa lamentável. No entanto, alguns de seus experimentos, segundo o relato do jornalista, eram injustificadamente cruéis. Talvez ele tivesse feito as pazes com a sociedade se abandonasse suas pesquisas, mas aparentemente preferiu continuá-las, como a maioria dos homens faz quando mergulha de corpo e alma em uma pesquisa. Ele era solteiro, e não precisava cuidar de ninguém além de si mesmo...

Eu estava convencido de que devia ser o mesmo homem. Todos os sinais apontavam para isso. Foi quando me ocorreu o motivo da presença da onça-parda e dos outros animais, que foram conduzidos junto com o restante da carga ao cercado anexo à casa; e um odor curioso e leve, o hálito de algo familiar, um cheiro que até então estava em segundo plano na minha consciência, de repente dominou meus pensamentos. Era o odor antisséptico de uma sala de cirurgia. Ouvi o grunhido da onça-parda através da parede, e um dos cães ganiu como se tivesse sido golpeado.

Porém, em especial para um cientista, não havia nada de tão terrível na vivissecção de animais para que houvesse tamanho segredo. E por algum estranho curso dos meus pensamentos me lembrei de forma claríssima das orelhas pontudas e dos olhos luminosos do acompanhante de Montgomery na viagem. Olhei para o mar esverdeado diante de mim, espumando sob a brisa refrescante, e deixei que as estranhas memórias dos dias recentes se sucedessem na minha cabeça.

O que aquilo poderia significar? Um cercado fechado a chave em uma ilha solitária, um cientista famoso por experimentos com vivissecção e aqueles homens deformados...?

8

O GRITO DA ONÇA-PARDA

Montgomery interrompeu meu fluxo de mistificação e desconfiança, e seu grotesco ajudante entrou logo atrás com uma bandeja com pão, algumas verduras e outras coisas de comer, uma garrafa de uísque, uma jarra d'água e três copos e facas. Dei uma espiada na estranha criatura e percebi que me observava com seus estranhos olhos inquietos. Montgomery avisou que almoçaria comigo, mas Moreau estava ocupado demais com os preparativos para o trabalho que fariam.

– Moreau! – exclamei. – Eu conheço esse nome.

– Pois deveria mesmo, diabos! – ele respondeu. – Como fui idiota de não dizer nada a respeito. Eu devia ter imaginado. Enfim, vou lhe dar alguns esclarecimentos sobre os nossos... mistérios. Uísque?

– Não, obrigado... sou abstêmio.

– Quisera eu também ser. Mas não adianta pôr tranca na porta depois que a casa é roubada. Foi um acontecimento infernal que me trouxe até aqui. Isso e uma noite de neblina. Considerei-me um homem de sorte quando Moreau se prontificou a me trazer. É estranho...

– Montgomery – falei de forma repentina quando a porta externa se fechou. – Por que o seu homem tem orelhas pontudas?

– Ora! – ele falou com a boca cheia de comida e me encarou por um instante antes de repetir: – Orelhas pontudas?

– Elas têm pequenas pontas – expliquei com a maior calma possível, respirando fundo – e uma pelagem castanha e fina nas extremidades.

Ele se serviu de uísque e água sem a mínima pressa.

– Eu fiquei com a impressão de que... era o cabelo que cobria as orelhas dele.

– Eu vi quando ele se abaixou para servir o café que você me mandou. E os olhos dele brilham no escuro.

Dessa vez Montgomery se recuperou sem demora da surpresa provocada pelo meu questionamento.

– Sempre pensei – ele falou de forma detida, com uma leve intensificação do ceceio habitual – que havia *mesmo* alguma coisa com as orelhas dele. Pela maneira como as cobre... Como eram?

Por seu jeito de falar, fiquei convencido de que sua ignorância sobre o assunto era fingida. Mas não podia dizer ao homem que o considerava um mentiroso.

– Pontudas – repeti. – Pequenas e peludas... claramente cobertas de pelos. Mas aquele homem como um todo é uma das criaturas mais estranhas que já vi.

Um grito agudo e rouco de um animal com dor se elevou no cercado atrás de nós. Pela amplitude e pelo volume, só podia ser a onça-parda. Vi Montgomery contorcer o rosto em uma careta.

– Sim! – ele respondeu.

– Onde você encontrou essa criatura?

– Hã, San Francisco... É um selvagem horroroso, eu admito. Meio imbecil, sabe como é. Não se lembra de onde veio. Mas me acostumei com ele, sabe. Nos acostumamos um com o outro. O que achou dele?

– Ele não é natural – falei. – Tem alguma coisa nele... Não me leve a mal, mas me provoca uma sensação estranha, uma tensão nos músculos quando se aproxima de mim. Parece que tem... um toque de diabólico nele, na verdade.

Montgomery parou de comer enquanto eu falava.

– Humm – ele respondeu. – *Eu* não sinto isso.

Ele retomou a refeição.

– Não fazia ideia de que se sentia assim – continuou falando enquanto mastigava. – A tripulação da escuna... eles deviam sentir a mesma coisa... Atormentaram tanto o pobre-diabo... Você viu o capitão?

A onça-parda rugiu de novo, dessa vez de maneira ainda mais dolorosa. Montgomery praguejou baixinho. Eu pretendia interrogá-lo sobre os homens na praia. O pobre animal começou a emitir uma série de gritos curtos e agudos.

– Seus homens na praia – comecei. – De que raça eles são?

– Sujeitos formidáveis, não? – ele respondeu, com um ar alheio e franzindo a testa enquanto ouvia o animal gritar. Eu fiquei em silêncio. Seguiu-se um grito ainda pior que o anterior. Ele me encarou com seus olhos pálidos e cinzentos, servindo mais um copo de uísque, tentando me arrastar para uma conversa sobre o álcool, afirmando ter sido com isso que salvara minha vida. Parecia fazer questão de ressaltar o fato de que eu devia minha vida a ele. Respondi com palavras distraídas. Em seguida a refeição acabou, o monstro deformado com orelhas pontudas levou tudo embora e Montgomery me deixou sozinho no quarto outra vez. Durante todo o tempo foi incapaz de esconder sua irritação com os ruídos da vivissecção da onça-parda. Ele fez um comentário sobre suas eventuais demonstrações de falta de coragem cuja pertinência ficou bem clara para mim.

Da minha parte, considerei os gritos especialmente irritantes, e eles só cresceram em volume e intensidade à medida que a tarde avançava. Eram dolorosos a princípio, mas sua repetição incessante acabou me tirando do sério. Joguei longe o volume de Horácio que estava lendo e comecei a cerrar os punhos, morder os lábios e andar pelo quarto.

Mais tarde acabei tapando os ouvidos com os dedos.

O apelo emocional dos gritos foi se tornando cada vez maior para mim, e por fim ganhou uma expressão tão pungente de sofrimento que não suportei mais ficar confinado naquele quarto. Saí pela porta para o calor forte da tarde alta e, depois de passar pela entrada principal – mais uma vez trancada, percebi –, comecei a me afastar do muro.

Os gritos eram ainda mais altos do lado de fora. Era como se toda a dor do mundo tivesse encontrado uma voz. Porém, acredito que, se tal dor fosse experimentada por alguém no quarto ao lado do meu, mas por uma criatura sem voz, creio que teria conseguido suportar a situação sem problemas – venho refletindo sobre isso desde então. É quando o sofrimento encontra uma voz que provoca sobressaltos em nossos nervos e que a piedade vem nos perturbar. Apesar do sol radiante no céu e das folhas verdes das árvores oscilando sob a brisa tranquila do mar, o mundo continuou sendo um caos, atormentado por fantasmas pretos e vermelhos, até que eu me afastasse da casa e do muro de pedra.

9

A COISA NA FLORESTA

Fui caminhando pela vegetação baixa sobre a encosta atrás da casa, sem me preocupar com a direção em que estava indo, passei pela sombra de um aglomerado de árvores de troncos retos e me vi de alguma forma do outro lado da elevação, descendo na direção de um córrego que atravessava um vale estreito. Detive o passo e parei para escutar. A distância que percorri, ou a vegetação no caminho, abafava todo e qualquer som vindo do cercado. O ar estava imóvel. Com um leve farfalhar, um coelho apareceu e começou a escalar a elevação diante de mim. Desisti de caminhar e me sentei à sombra.

Era um lugar aprazível. O riacho corria por trás da vegetação luxuriante das barrancas, a não ser em um único ponto, onde era possível ver um trecho triangular de suas águas reluzentes. Na outra margem vi uma névoa azulada em meio às árvores e os arbustos, e mais acima o céu azul e brilhante. Aqui e ali uma mancha branca ou vermelha revelava alguma epífita florindo. Deixei meus olhos vagarem pela paisagem por um instante e então voltei meus pensamentos às estranhas peculiaridades do ajudante de Montgomery. Mas o calor estava forte demais para reflexões elaboradas e logo em seguida entrei em um estado de relaxamento no meio do caminho entre o sono e a vigília.

Fui despertado, não sei quanto tempo depois, por um farfalhar na vegetação do outro lado do córrego. Por um momento não vi nada além dos cumes ondulantes de fenos e juncos. Então de repente apareceu alguma coisa à beira d'água – e a princípio não consegui distinguir o que era. A criatura enfiou a cabeça na água e começou a beber. Foi quando vi que era um homem andando de quatro como um animal!

Estava envolvido por um tecido azulado e tinha a pele cor de cobre e os cabelos pretos. Parecia que a feiura grotesca era um traço invariável de todos os habitantes da ilha. Dava para ouvir o ruído de sucção da água em sua boca enquanto ele bebia.

Inclinei-me para a frente a fim de ver melhor, e um pedaço de lava se soltou da minha mão e saiu rolando pela barranca. Ele olhou para cima, aflito, e seus olhos encontraram os meus. Imediatamente ficou de pé, limpou a boca com a mão em um gesto desajeitado e me encarou. Suas pernas mal chegavam à metade do corpo. Continuamos nos olhando por talvez um minuto inteiro. Então ele desapareceu nos arbustos à minha direita, olhando para trás uma ou duas vezes, e ouvi o farfalhar do mato ficar mais distante e desaparecer. De tempos em tempos ele ainda me lançava uma olhada rápida. Por um bom tempo depois de sua partida continuei olhando para a direção em que foi. Minha tranquilidade sonolenta se perdera.

Tive um sobressalto com um ruído atrás de mim e, virando de forma súbita, vi a cauda branca e trêmula de um coelho desaparecendo encosta acima. Fiquei de pé em um pulo.

A aparição da grotesca criatura semibestial tumultuou de forma súbita a tranquilidade da tarde para mim. Olhei ao redor apreensivo e lamentei não estar armado. Então pensei no homem que tinha acabado de avistar, coberto de tecido azul e não nu como um selvagem estaria, e tentei me convencer de que provavelmente era uma pessoa de paz, que sua ferocidade estava apenas na aparência.

Mesmo assim, fiquei perturbadíssimo com a aparição. Saí caminhando para a esquerda na elevação, olhando ao redor o tempo todo por entre os troncos das árvores. Por que um homem andaria de quatro e beberia água com a boca diretamente na correnteza? Logo depois ouvi um grito animalesco outra vez e, deduzindo que fosse a onça-parda, virei e parti na direção oposta à do som. Isso me levou para perto do riacho, que atravessei e comecei a subir a barranca de vegetação rasteira do outro lado.

Fiquei assustado ao ver uma trilha de um vermelho vivo no chão e, subindo um pouco mais, notei que se tratava de um fungo peculiar, ramificado e rugoso como um líquen foliado, mas que se desmanchava ao toque como uma espécie de limo. E então, à sombra de frondosas samambaias, deparei com uma coisa desagradável, o cadáver de um coelho com a cabeça arrancada, cercado de moscas mas ainda quente. Detive o passo, incomodado com a visão do sangue espalhado. Ali estava um recém-chegado à ilha!

Não havia outro traço de violência em seu corpo. Ao que parecia, o animal fora surpreendido e assassinado. Olhando para o corpinho peludo, era difícil decifrar como a criatura havia agido. O temor vago que ocupava minha mente desde que vira o rosto inumano do homem no córrego se tornou mais intenso. Comecei a me dar conta do perigo da minha incursão entre aqueles desconhecidos. A vegetação ao meu redor ganhou um outro aspecto na minha imaginação. Cada sombra parecia esconder uma emboscada, cada farfalhar parecia uma ameaça. Coisas invisíveis pareciam me observar.

Resolvi voltar para a construção perto da praia. Virei-me de repente e disparei violentamente – talvez até de maneira frenética – entre os arbustos, ansioso para sair do meio do mato.

Parei pouco antes de emergir em um espaço aberto. Era uma espécie de clareira na floresta, provocada por um desmoronamento; a vegetação rasteira já começava a tentar retomar o espaço vazio e, mais adiante, a densidade dos troncos, dos cipós e dos fungos voltava a ser a mesma. Diante de mim, agachados em meio às ruínas mofadas de uma imensa árvore caída, sem notar minha aproximação, havia três figuras grotescas.

Uma delas era claramente uma mulher. Os outros dois eram homens. Estavam nus, a não ser por um pedaço de pano vermelho na região do ventre, e sua pele tinha uma coloração rosada, diferente dos demais selvagens que encontrei. Seus rostos eram gordos, sem queixo, com testas achatadas e cabelos ralos cobrindo a cabeça. Nunca tinha visto criaturas de aparência tão bestial.

Eles estavam conversando, ou ao menos um dos homens estava falando com os outros, e os três pareciam entretidos demais para notar a minha aproximação, balançando a cabeça e os ombros de um lado para o outro. As palavras do homem me pareceram todas emboladas e, embora eu conseguisse ouvi-las, não me era possível decifrá-las. Ele aparentemente estava recitando alguma cacofonia previamente elaborada. Em seguida sua voz se tornou mais aguda, e ele ficou de pé, abrindo os braços.

Nesse momento os outros dois começaram a resmungar em uníssono, também ficando de pé, abrindo os braços e balançando os corpos em sincronia com a recitação. Percebi então que suas pernas eram anormalmente curtas e seus pés, magros e desajeitados. Os três começaram um lento movimento circular, batendo os pés no chão e sacudindo os braços; uma espécie de melodia se incorporou à recitação com um refrão: "Alula", ou "Balula", foi o que me pareceu. Seus olhos começaram a brilhar, e seus rostos feios se iluminaram em uma expressão de estranho prazer. A saliva escorria de suas bocas sem lábios.

Subitamente, enquanto observava seus gestos grotescos e indefiníveis, percebi com clareza pela primeira vez o que me incomodava, o que me transmitia impressões inconsistentes e conflitantes de estranhamento e familiaridade ao mesmo tempo. As três criaturas envolvidas no misterioso ritual tinham forma humana, porém havia algo neles que lembrava algum animal conhecido. Cada uma das criaturas, apesar da forma humana, dos rudimentos de roupas e da humanidade tosca de seus corpos, tinha estampada em sua aparência, em seus movimentos, em suas feições, em sua presença como um todo, uma semelhança inegável com porcos, um certo traço suíno, uma inconfundível marca animalesca.

Fiquei atordoado ao perceber isso, e mais questionamentos terríveis surgiram na minha mente. Eles começaram a dar pulos no ar, primeiro um, depois os outros, gritando e grunhindo. Então um deles caiu, e por um momento ficou de quatro antes de se levantar por completo. Mas essa visão transitória de animalismo naqueles monstros me bastou.

Virei-me, procurando fazer o mínimo ruído, sentindo calafrios de medo quando ouvia um graveto se partir ou uma folha farfalhar, e voltei para o meio dos arbustos. Demorou um bom tempo até que eu criasse coragem para me mover normalmente.

Meu único pensamento era me afastar daqueles seres malignos, e não me dei conta quando comecei a seguir uma discreta trilha em meio às árvores. Então, ao atravessar uma pequena clareira, tive a surpresa desagradável de ver um par de pernas desajeitadas entre as árvores, percorrendo com passos silenciosos um caminho paralelo ao meu, a no máximo trinta metros de mim. A cabeça e a parte superior do corpo estavam escondidas pelo cipoal espesso. Parei de forma abrupta, torcendo para que a criatura não me visse. Seus pés se detiveram junto com os meus. Fiquei tão nervoso que precisei me segurar para não sair correndo às cegas.

Olhando com mais atenção, reconheci por entre os cipós o corpo e a cabeça do selvagem que vira bebendo água. Ele moveu a cabeça. Notei um brilho esverdeado em seus olhos quando me encarou por entre as árvores, uma coloração semiluminosa que desapareceu assim que sua cabeça se virou de novo. Ele ficou imóvel por um instante e então, com passos silenciosos, começou a correr pela mata fechada. Instantes depois, já havia desaparecido atrás dos arbustos. Eu não conseguia vê-lo, mas senti que tinha parado e estava me observando de novo.

O que era aquilo – um homem ou um animal? O que ele queria comigo? Eu estava desarmado, não tinha nem um pedaço de pau à mão. Partir para a briga seria loucura. De qualquer forma, a criatura, fosse o que fosse, não teve coragem de me atacar. Cerrei os dentes com força e parti em sua direção, preocupadíssimo em não demonstrar o medo que me provocava um tremendo frio na espinha. Abri caminho em meio aos arbustos de flores brancas e o vi a uns vinte metros de mim, olhando por cima do ombro com certa hesitação. Avancei mais um passo ou dois, com os olhos cravados nos seus.

– Quem é você? – perguntei. Ele tentou manter o contato visual.

– Não! – ele gritou de repente e, depois de se virar, fugiu para os arbustos. Em seguida se virou e me encarou outra vez. Seus olhos brilharam em meio à sombra das árvores.

Meu coração estava na boca, mas senti que minha única opção era enfrentar o perigo e andei com passos decididos em sua direção. Ele se virou de novo e sumiu nas sombras. Vi o brilho de seus olhos mais uma vez, e então ele desapareceu.

Pela primeira vez percebi o quanto o adiantado da hora podia me afetar. O sol tinha se posto minutos antes, o fim de tarde tropical começava a desaparecer a leste e as primeiras mariposas noturnas revoavam silenciosamente sobre a minha cabeça. A não ser que eu quisesse passar a noite em meio aos perigos da floresta misteriosa, era preciso voltar à construção perto da praia.

A ideia de voltar àquele abrigo assombrado pela presença da dor era extremamente desagradável, porém a perspectiva de passar a noite ao ar livre era ainda pior, considerando o que a escuridão poderia esconder. Dei mais uma última olhada para as sombras azuladas que engoliram a estranha criatura e refiz meu caminho pela encosta de volta ao riacho, avançando na direção que julguei ser aquela pela qual tinha vindo.

Caminhei com passos apressados, atordoado por todas aquelas coisas, e me vi em um trecho plano com árvores esparsas. A ausência de cor que viera junto com o anoitecer tornava tudo difuso. O azul do céu ficou mais escuro em questão de instantes, e as estrelas foram uma a uma penetrando a escuridão; os espaços entre as árvores, as variações de densidade na vegetação mais adiante, que formavam uma espécie de névoa azul durante o dia, se tornaram escuras e misteriosas.

Continuei andando. A cor desapareceu do mundo, as copas das árvores se destacavam contra o céu como silhuetas escuras, e tudo mais abaixo se fundiu em um negrume disforme. Àquela altura as árvores eram menos frequentes, e os arbustos e a vegetação rasteira mais abundantes. Em seguida cheguei a um descampado coberto de areia branca, e logo após a outro trecho de arbustos cerrados.

Eu estava incomodado com um farfalhar constante à minha direita. A princípio pensei que estivesse fantasiando, pois quando detinha o passo estava tudo em silêncio, a não ser pela brisa que agitava o alto das árvores. Mas, quando voltava a me mover, meus passos eram acompanhados por um eco.

Afastei-me do matagal, procurando me manter em terreno aberto, arriscando guinadas súbitas para surpreender a criatura que me seguia, caso estivesse mesmo lá. Não vi nada, mas mesmo assim a sensação de estar sendo acompanhado só crescia. Acelerei o passo e depois de certo tempo comecei a subir uma leve elevação, que atravessei quase correndo, e me virei para trás. Então foi possível ver, em destaque contra o céu cada vez mais escuro.

Uma forma humana indistinta surgiu no horizonte e desapareceu de novo. Tive a certeza de que meu antagonista de rosto moreno estava me seguindo outra vez. E ainda cheguei a mais uma conclusão desagradável, a de que estava perdido.

Por um tempo segui em frente, totalmente atordoado, acossado por aquela aproximação furtiva. O que quer que fosse, a criatura ou não tinha coragem para me atacar ou estava esperando para me apanhar em uma situação desvantajosa. Eu me mantinha propositalmente em terreno aberto. Às vezes parava e me virava para ouvir, e por um momento quase me convenci de que meu perseguidor desistira, ou talvez fosse uma mera invenção da minha imaginação exaltada. Então escutei o barulho do mar. Acelerei o passo até quase correr e imediatamente ouvi um baque às minhas costas.

Virei de repente para as árvores mergulhadas na escuridão atrás de mim. As sombras negras saltavam umas sobre as outras. Fiquei imóvel, só escutando, mas não detectei nada além do som da minha pulsação nos meus ouvidos. Concluí que os meus nervos estavam abalados e que a minha imaginação me pregava peças, e me virei outra vez, de forma resoluta, na direção do som do mar.

Depois de um minuto ou dois, as árvores foram rareando e me vi em um promontório baixo que se estendia sobre a água. Era uma noite tranquila e clara, e o reflexo da multidão de estrelas brilhava tremulante na calmaria do mar. A certa distância, as ondas se quebrando sobre uma barreira irregular de corais reluziam de leve com um brilho pálido. A oeste, vi a luz das constelações se misturando com o brilho amarelado da estrela da tarde. A enseada parecia distante de mim a leste, e a oeste estava escondida pelo promontório. Então me lembrei do fato de que a praia de Moreau ficava a oeste.

Um graveto se partiu atrás de mim, e ouvi um farfalhar. Quando me virei, me vi diante das árvores escuras. Não consegui enxergar nada – ou pelo menos não muita coisa. Cada vulto negro tinha sua própria qualidade agourenta, sua própria sugestão particular de perigo. Assim fiquei por mais ou menos um minuto talvez e, ainda de olho nas árvores, me voltei para oeste a fim de cruzar o promontório. Quando me movi, uma das sombras próximas veio atrás de mim.

Meu coração estava disparado. Em seguida, vi a curva ampla da praia a oeste e detive o passo outra vez. A sombra silenciosa parou a uns dez metros de mim. Um pequeno ponto de luz brilhava em um local mais distante, e a extensão cinzenta da praia era visível sob o brilho das estrelas. Eu estava a mais ou menos três quilômetros do pontinho de luz. Para chegar à praia, precisaria atravessar as árvores onde estavam as sombras e descer uma elevação coberta de arbustos.

Era possível ver a criatura de forma mais distinta a essa altura. Não era um animal, pois mantinha uma postura ereta. Nesse momento, abri a boca para falar e senti minha voz sufocada pelo pigarro. Tentei outra vez, gritando:

– Quem está aí?

Não houve resposta. Dei um passo à frente. A criatura não se mexeu, apenas se aprumou um pouco. Meu pé atingiu uma pedra.

Isso me deu uma ideia. Sem desviar os olhos do vulto negro diante de mim, agachei-me e peguei a pedra. No entanto, ao notar minha movimentação, a criatura se virou de forma abrupta, como um cão teria feito, e recuou obliquamente para um ponto mais escuro. Foi quando me lembrei de um truque que os garotos usavam com cães ferozes, enrolando a pedra no meu lenço e prendendo-o em torno do punho. Ouvi uma agitação em meio às sombras, como se a criatura estivesse se afastando. Então minha excitação tensa se desfez; comecei a transpirar e a tremer profusamente, com meu adversário em retirada e minha arma na mão.

Demorou um certo tempo para que eu me recompusesse e atravessasse as árvores e a elevação coberta de arbustos no flanco do promontório que dava acesso à praia. Por fim, me pus em movimento e, quando saí do meio do mato para a areia, ouvi o som de outro corpo me seguindo.

Nesse momento, perdi a cabeça por completo por causa do medo e saí em disparada pela areia. Imediatamente ouvi o som de passos atrás de mim. Soltei um grito enlouquecido e acelerei o passo. Algumas criaturas indistintas, três ou quatro vezes maiores que coelhos, corriam ou saltavam pela praia na direção dos arbustos enquanto eu passava. Eu corria perto da beira d'água e escutava de tempos em tempos o chapinhar de passos cada vez mais próximos. Ainda distante, desesperadamente distante, estava a luz amarela. A noite ao nosso redor era escura e silenciosa. Os passos que me perseguiam batiam na água cada vez mais perto de mim. Senti meu fôlego se esvaindo, pois estava bem fora de forma: o ar me faltava, e senti uma dor aguda no lado esquerdo do abdome. Percebi que a criatura me alcançaria antes que eu chegasse à construção e, desesperado e ofegante, me virei e a ataquei assim que ela entrou no meu raio de alcance – com todas as minhas forças. A pedra se soltou do lenço com esse movimento.

Quando me virei, a criatura, que corria de quatro, ficou de pé, e o projétil a acertou na têmpora esquerda. O crânio estalou com força e o homem-animal cambaleou na minha direção, com os braços estendidos para me jogar para trás, passando por mim aos tropeções e caindo de cara na água. E por lá ele ficou.

Não consegui me aproximar do vulto caído. Deixei-o lá estirado, com a água se movendo sem parar sob as estrelas, e tomando distância fui seguindo caminho na direção do brilho amarelado da casa. Em seguida, quando o alívio tomou conta de mim, veio o gemido lamentoso da onça-parda, o som que originalmente me levara a explorar a misteriosa ilha. Nesse momento, apesar de fraco e exausto, juntei todas as minhas forças e comecei a correr na direção da luz. Parecia haver uma voz me chamando.

10

O GRITO DO HOMEM

Quando me aproximei da casa, vi que a luz acesa saía pela porta aberta do meu quarto; e então ouvi, vinda de uma sombra na lateral do ponto luminoso em formato oblongo, a voz de Montgomery gritar:
– Prendick.

Continuei correndo. Em seguida, ouvi-o de novo. Respondi com um "olá!" dos mais trêmulos, e logo depois consegui chegar cambaleando até ele.

– Por onde você andou? – ele perguntou, me detendo à distância de um braço para que a luz do quarto alcançasse o meu rosto. – Estávamos tão ocupados que nos esquecemos de você até meia hora atrás.

Ele me conduziu até o quarto e me sentou na cadeira. Por um tempo, senti-me cegado pela luz.

– Não achamos que você fosse começar a explorar a ilha sem nos comunicar – ele falou. E emendou: – Fiquei assustado! Mas... o que... Ora!

Quando minhas últimas forças se esvaíram, minha cabeça despencou sobre o peito. Acho que ele sentiu uma pontada de satisfação ao me dar conhaque para beber.

– Pelo amor de Deus – eu disse –, tranque essa porta.

– Você encontrou alguma das nossas curiosidades, é? – ele respondeu. Montgomery trancou a porta e se virou para mim outra vez. Não me fez nenhuma pergunta, só me ofereceu mais comida e água e me pressionou a comer. Eu estava em um estado de colapso. Ele fez um comentário vago sobre ter se esquecido de me alertar e perguntou secamente quando eu tinha saído e o que havia visto. Respondi da mesma maneira seca e fragmentada.

– Me diga o que tudo isso significa – pedi, à beira da histeria.

– Não é nada muito assustador – garantiu ele. – Mas acho que você já teve novidades demais para um único dia. – A onça-parda soltou um grito repentino de dor. Nesse momento, ele praguejou baixinho. – Maldição – ele falou –, este lugar não deve ser tão pior que a Gower Street... com aqueles gatos.

– Montgomery, o que era aquela coisa me perseguindo? Um animal ou um homem?

– Se você não dormir um pouco à noite – ele falou –, vai ficar um trapo amanhã.

Levantei-me para encará-lo.

– O que era aquela coisa que veio atrás de mim? – perguntei.

Ele me olhou bem nos olhos e contorceu a boca. Seus olhos, que pareciam vivos um minuto antes, se tornaram opacos.

– Pelo que você me falou – ele respondeu –, estou achando que era uma assombração.

Senti uma pontada intensa de irritação, que passou com a mesma rapidez com que chegou. Joguei-me na cadeira outra vez e levei as mãos à testa. A onça-parda começou a gritar outra vez.

Montgomery veio até mim e pôs a mão no meu ombro.

– Escute aqui, Prendick – ele disse. – Eu não devia ter deixado você perambular sozinho por esta ilha absurda. Mas não é tão ruim quanto parece, homem. Seus nervos estão em frangalhos. Vou lhe dar alguma coisa para ajudá-lo a dormir. Isso... vai continuar por algumas horas ainda. Você precisa dormir, caso contrário não me responsabilizo pela sua condição.

Não respondi. Inclinei-me para a frente e cobri o rosto com as mãos. Em seguida ele voltou com um copinho contendo um líquido escuro, que entregou para mim. Não ofereci resistência, e ele me ajudou a deitar na rede.

Quando acordei, já era dia claro. Por um tempo ainda fiquei deitado, olhando para o teto. As ripas de madeira do forro, observei, eram feitas de tábuas de embarcações. Então virei a cabeça e vi uma refeição preparada para mim sobre a mesa. Percebi que estava com fome e me preparei para descer da rede, que, com toda a gentileza, percebendo minhas intenções, tombou e me jogou de quatro no chão.

Levantei-me e sentei diante da comida à mesa. Minha cabeça pesava e havia apenas lembranças vagas dos acontecimentos da noite anterior. Uma agradável brisa matinal entrava pela janela sem vidro e, aliada à comida, contribuiu para que eu sentisse uma sensação instintiva de conforto. Em seguida, a porta atrás de mim, a que dava para o pátio interno, foi aberta. Virei-me e dei de cara com Montgomery.

– Tudo bem? – perguntou. – Estou terrivelmente ocupado. – Ele fechou a porta ao sair. Mais tarde, descobri que se esqueceu de trancá-la.

Então me lembrei da expressão em seu rosto na noite anterior, e com isso a memória de tudo o que experimentei se reconstruiu na minha mente. Inclusive o medo voltou, com um grito que parecia vir de dentro. Mas dessa vez não era a onça-parda.

Coloquei de volta sobre a mesa o bocado de comida que meus lábios recusaram e fiquei escutando. O silêncio era total, a não ser pelo sussurro da brisa da manhã. Comecei a pensar que meus ouvidos tinham me enganado.

Depois de uma longa pausa retomei a refeição, mas com os ouvidos ainda alertas. Em seguida ouvi algo mais, bem sutil e grave. Fiquei imóvel. Embora fosse um som sutil e leve, mexeu comigo mais profundamente que qualquer coisa que escutara até então das abominações atrás das paredes. Dessa vez, o caráter dos ruídos fraturados e abafados era inconfundível e não havia dúvida de sua fonte; eram grunhidos, interrompidos por soluços e uma respiração pesada e angustiada. Não era um bicho dessa vez. Era um ser humano sendo torturado!

Quando percebi, fiquei de pé, atravessei o quarto em três passos, virei a maçaneta da porta que dava para o pátio interno e a escancarei diante de mim.

– Prendick! Pare, homem! – gritou Montgomery. Um cão de caça sobressaltado começou a latir e rosnar. Havia sangue na pia, amarronzado e ainda um pouco vermelho, e senti o cheiro peculiar de ácido carbólico.

Então, por uma porta aberta além da luz fraca e sombreada, vi alguém dolorosamente amarrado a uma armação, ferido, esfolado e coberto de bandagens. E então, encobrindo a vista, apareceu o rosto do velho Moreau, branco e terrível.

Em um instante ele me agarrou pelo ombro com a mão ainda manchada de vermelho, me virou para o outro lado e me jogou para dentro do quarto, me levantando como se eu fosse uma criancinha. Caí de cara no chão, e a batida da porta tirou da minha vista a expressão intensa e passional no rosto dele. Então ouvi a chave ser virada na fechadura e um tom de pedido de desculpas na voz de Montgomery.

– É o tipo de coisa que arruína o trabalho de uma vida! – escutei Moreau dizer.

– Ele não entende – falou Montgomery, além de outras coisas inaudíveis para mim.

– Não tenho tempo para isso – rebateu Moreau.

O resto eu não escutei. Levantei do chão e fiquei de pé, todo trêmulo, com a mente mergulhada no caos, especulando as piores atrocidades. Seria possível a vivissecção de homens? O questionamento surgiu como um relâmpago em um céu convulsionado. E de repente na minha cabeça nebulosa e horrorizada se condensou uma vívida noção do perigo que eu corria.

11

A CAÇADA AO HOMEM

Uma absurda esperança de escapar surgiu na minha mente quando me dei conta de que a porta externa ainda estava aberta. Estava convencido, sem a menor sombra de dúvida, de que Moreau realizava uma vivissecção em um ser humano. Desde que ouvi seu nome, vinha tentando associar de alguma forma suas abominações ao animalismo grotesco dos habitantes da ilha. E então concluí que tinha entendido tudo. A lembrança a respeito de seus trabalhos envolvendo transfusão de sangue voltou à minha cabeça. As criaturas que vi eram vítimas de algum tenebroso experimento!

Aqueles miseráveis asquerosos só queriam me manter por perto, me enganar com suas demonstrações de confiança, para depois impor a mim um destino pior que a morte, com tortura após tortura em meio à degradação mais horrenda que alguém pode conceber – para depois me soltar como uma alma perdida, uma besta-fera, junto com o restante de sua horda de Comus. Olhei ao redor à procura de alguma arma. Não havia nada disponível. Foi quando tive uma ideia, fui até a cadeira da escrivaninha, apoiei o pé na lateral do móvel e arranquei um dos apoios para os braços. Um prego se soltou junto com a madeira e com sua ponta protuberante deu um toque de perigo a uma arma que em sua ausência seria risível. Ouvi um passo do lado de fora, imediatamente escancarei a porta e dei de cara com Montgomery a poucos passos de mim. Ele pretendia trancar a porta externa.

Brandi minha madeira com prego para acertar seu rosto, mas ele se esquivou. Hesitei por um instante, então corri na direção da parede lateral da casa.

– Prendick! – ouvi seu grito atordoado. – Não seja tolo, homem!

Mais um instante, pensei, e ele teria me trancado lá dentro e me transformado em uma cobaia. Veio atrás de mim, pois escutei quando gritou meu nome e se pôs a correr, berrando coisas no caminho.

Dessa vez, correndo às cegas, parti para noroeste, na direção oposta à da minha expedição anterior. Enquanto fugia em uma rota paralela à praia, olhei por cima do ombro e vi que ele estava acompanhado de seu ajudante. Subi a encosta sem diminuir o passo e, depois de atravessá-la, tomei a direção leste rumo a um vale pedregoso, cercado de vegetação de ambos os lados. Corri mais ou menos um quilômetro e meio, sentindo o peito arder, a pulsação disparada nos ouvidos. Então, quando notei que não ouvia mais os passos de Montgomery nem de seu homem e me sentia à beira da exaustão, mudei de direção bruscamente rumo à praia, ao que parecia, e fui me esconder em um bambuzal.

Fiquei escondido por um bom tempo, assustado demais para me mover e até para tentar elaborar um plano. O cenário selvagem diante de mim repousava silenciosamente sob o sol, e o único som por perto era o zumbido fraco de alguns mosquitos que descobriram a minha presença. Em seguida notei outro som distante e constante – o vaivém das ondas na praia.

Uma hora depois escutei Montgomery gritando meu nome à distância, mais ao norte. Isso me fez pensar que era preciso elaborar um plano. De acordo com minha interpretação, a ilha era habitada apenas pelos dois praticantes da vivissecção e suas vítimas animalizadas. Algumas delas, sem dúvidas, eles poderiam recrutar para alguma retaliação contra mim, caso se revelasse necessário. Eu sabia que tanto Moreau como Montgomery andavam com revólveres; e, a não ser por um pedaço de pau com um prego na ponta, um simulacro de tacape, eu estava desarmado.

Enquanto me escondia, comecei a pensar em comida e bebida. E nesse momento o caráter desolador da minha situação ficou claro para mim. Não havia como conseguir o que comer; eu não tinha conhecimentos suficientes sobre botânica para descobrir raízes ou frutas das quais me alimentar; não sabia como caçar os poucos coelhos soltos pela ilha. Quanto mais eu pensava, mais as perspectivas pareciam sombrias. Por fim, movido pelo desespero, meus pensamentos se voltaram para os homens-animais que encontrei. Tentei me lembrar de algo neles que pudesse me dar esperanças. Recordei todos que vi, à procura de algum sinal auspicioso na memória.

Ouvi então os latidos de um cão de caça, o que me alertou para a presença de um novo perigo. Não podia continuar pensando por muito tempo, caso contrário eles me pegariam. Então, lançando mão do pedaço de pau com prego, saí em disparada do meu esconderijo na direção do barulho do mar. Lembro que atravessei um arbusto espinhoso que cortava como canivete. Saí do outro lado sangrando e com as roupas rasgadas, na beira de um longo riacho que corria para o norte. Continuei firme na direção das ondas, atravessando a correnteza sem hesitação, com água até os joelhos. Por fim, saí cambaleando do outro lado e, com a pulsação disparada nos ouvidos, me escondi no meio de umas samambaias para ver o que acontecia. Escutei o cão – era apenas um – se aproximando e soltando um ganido quando passou pelos espinhos. Então não ouvi mais nada, e concluí que tinha escapado.

Os minutos se passaram, o silêncio se estendeu e, por fim, depois de uma hora escondido, minha coragem começou a voltar.

A essa altura eu não estava mais apavorado nem melancólico. Já havia superado o limite do pavor e do desespero. Sentia que minha vida estava praticamente perdida, o que me convenceu de que era capaz de qualquer coisa. Surgiu até um certo desejo de me ver cara a cara com Moreau. E, enquanto chapinhava na água, lembrei que em caso de desespero ainda havia uma última forma de escapar dos tormentos que me aguardavam – eles não tinham como impedir que eu me afogasse. Senti vontade de fazer isso naquele momento, porém um estranho desejo de viver aquela aventura até o fim e um interesse inusitado de ser espectador da minha própria história me impediram. Alonguei-me, sentindo os membros doloridos pelos ferimentos provocados pelos espinhos, e olhei ao redor; nesse momento, de forma tão repentina que parecia saltar do meio das árvores, meus olhos identificaram um rosto negro que me observava.

Reconheci a criatura simiesca que fora receber a lancha na praia. Estava trepado no tronco oblíquo de uma palmeira. Peguei meu pedaço de pau e levantei-me para encará-lo. Ele começou a tagarelar.

– Você, você, você – foi tudo o que consegui entender a princípio. Em um movimento súbito ele desceu da árvore e começou a afastar a vegetação para me observar melhor.

Não senti a repugnância pela criatura que experimentei nos meus encontros com os outros Homens-Bichos.

– Você – ele falou –, no barco. – Tratava-se de um homem, portanto, pelo menos tão humano quanto o ajudante de Montgomery, pois sabia falar.

– Sim – respondi. – Vim de barco. De um navio.

– Ah! – ele falou, e seus olhos reluzentes e inquietos percorreram o meu corpo, passando pelas minhas mãos, pelo porrete que eu carregava, pelos meus pés, pelos rasgos nas minhas roupas e os arranhões e cortes sofridos nos espinheiros. Ele parecia perplexo com alguma coisa. Seus olhos se voltaram para as minhas mãos. Ele estendeu as suas e contou os dedos devagar:
– Um, dois, três, quatro, cinco... é?

Não entendi o significado daquilo. Mais tarde descobri que grande parte dos Homens-Bichos tinham mãos malformadas, nas quais faltavam às vezes até três dedos. Imaginando que se tratasse de uma espécie de saudação, fiz a mesma coisa em resposta. Seus olhos inquietos examinaram os arredores outra vez. Com um movimento ágil, ele desapareceu. As samambaias que afastou voltaram a se juntar.

Fui correndo atrás dele e fiquei perplexo ao vê-lo pendurado tranquilamente por um braço fino em um cipó sob a copa das árvores. Estava de costas para mim.

– Olá! – falei. Ele desceu com um salto, contorcendo o corpo no ar e se colocando diante de mim. – Queria saber onde posso encontrar algo para comer.

– Comer! – repetiu ele. – Comer comida de homem agora. – Seus olhos se voltaram de novo para os cipós. – Em cabanas.

– Mas onde ficam as cabanas?

– Ah!

– Sou novo aqui, você sabe.

Ele se virou e saiu andando com um passo acelerado.

– Venha – ele falou. Fui atrás dele para continuar vivendo aquela aventura. Concluí que as cabanas deviam ser alguma espécie de abrigo rústico, onde viviam alguns dos Homens-Bichos. Talvez eu descobrisse que eram amigáveis e encontrasse alguma forma de me comunicar com eles. Não sabia até que ponto sua linhagem humana ainda era dominante.

Meu acompanhante simiesco trotava ao meu lado, com as mãos baixas e o queixo projetado para a frente. Fiquei me perguntando que tipo de lembranças ele poderia ter.

– Há quanto tempo você está na ilha? – perguntei.

– Quanto tempo? – ele repetiu. Em seguida, me mostrou três dedos. A criatura tinha um intelecto pouco maior que o de um idiota. Tentei decifrar o que ele quis dizer com isso, e aparentemente eu o estava entediando. Depois de mais uma ou duas perguntas, ele saiu do meu lado em um movimento repentino para pegar frutas de uma árvore. Apanhou algumas frutas de casca espinhosa e começou a comer o que havia em seu interior. Com satisfação, notei que havia pelo menos algo a aprender sobre como me alimentar. Tentei fazer mais perguntas, mas suas respostas repetitivas, na maioria das vezes, não esclareciam os meus questionamentos. Algumas não faziam sentido, e outras eram meras repetições.

Fiquei tão curioso com suas estranhezas que mal prestei atenção no caminho que seguíamos. Chegamos a um conjunto de árvores ressecadas e queimadas, e em seguida a uma clareira com o chão coberto de incrustações amareladas, da qual subia uma fumaça de odor pungente que provocava um forte incômodo no nariz e nos olhos. À nossa direita, por cima de uma rocha, vi o azul do mar. O caminho se estreitava de forma repentina em uma garganta afunilada entre duas massas irregulares de pedras vulcânicas. Foi por lá que seguimos.

A passagem era extremamente escura, logo depois de um trecho em que a luz do sol se refletia com força no terreno sulfuroso. As paredes laterais eram extremamente íngremes e foram ficando cada vez mais próximas. Algumas manchas verdes e vermelhas passavam diante dos meus olhos. Meu guia parou de repente.

– Casa – ele disse, e eu me vi no fundo de um precipício onde para mim a escuridão era total. Ouvi alguns barulhos estranhos e levei a mão esquerda aos olhos. Senti um odor desagradável, como o de uma jaula de macaco que não tinha sido limpa. Mais adiante, a rocha se abria de novo de forma gradual em uma área ensolarada e coberta de vegetação, e de ambos os lados o facho de luz ia se tornando cada vez mais estreito até chegar à penumbra do centro da passagem.

12

OS DITADORES DA LEI

Foi quando alguma coisa gelada tocou a minha mão. Tive um sobressalto violento e vi uma coisa rosada perto de mim, que parecia mais uma criança mutilada do que qualquer outra coisa no mundo. A criatura tinha a expressão amena e repulsiva de uma preguiça, a mesma testa baixa e os mesmos gestos lentos. Quando o primeiro choque da mudança de iluminação passou, vi de forma mais distinta os arredores. A pequena criatura com aparência de preguiça estava de pé, olhando para mim. Meu guia tinha desaparecido.

O local era um corredor estreito entre paredões altos de lava, uma falha em sua superfície nodosa, cercado de ambos os lados de algas marinhas, folhas de palmeiras e juncos apoiados à rocha, formando abrigos rústicos e impenetravelmente escuros. O caminho tinha no máximo três metros de largura, atulhado de pedaços de frutas em decomposição e outros dejetos, o que explicava o fedor desagradável do local.

A pequena criatura rosada parecida com uma preguiça ainda estava me encarando quando o Homem-Símio reapareceu na abertura do abrigo mais próximo e me chamou para entrar. Nesse momento, um outro monstro encurvado saiu de outro daqueles nichos na estranha alameda, e sua silhueta se postou contra o espaço verde iluminado à distância, virada para mim. Eu hesitei – me perguntando se deveria voltar em disparada pelo caminho por onde viera –, mas então, determinado a seguir em minha aventura, ergui meu pedaço de pau com o prego na ponta e entrei no pequeno abrigo fedorento atrás do meu guia.

Era um espaço semicircular, com a forma de meia colmeia, e encostada à parede rochosa que formava seu interior havia uma pilha de frutas variadas e cocos. Alguns recipientes toscos de lava e madeira estavam espalhados pelo chão, além de um banquinho rústico. Não havia fogo aceso. No canto mais escuro da cabana estava um vulto sem forma que grunhiu um monossílabo quando entrei. O Homem-Símio estava diante da luz fraca da abertura e estendeu um coco partido ao meio para mim quando me dirigi agachado ao outro canto do recinto. Eu o apanhei e comecei a comê-lo, tentando demonstrar a maior serenidade possível, apesar do meu estado de nervos tenso e trepidante e da proximidade quase insuportável proporcionada pelo abrigo. A criaturinha rosada estava postada do lado de fora da abertura da cabana, e alguma outra coisa com rosto pardo e olhos brilhantes foi espiar por cima de seu ombro.

– Ei – disse a silhueta indiscernível no canto oposto.

– É um homem! Um homem! – matraqueou o meu guia. – Um homem, um homem, um homem vivo, como eu.

– Calado! – disse a voz na escuridão, soltando um grunhido. Continuei comendo o meu coco em um silêncio opressivo. Esquadrinhei a escuridão, mas não consegui enxergar nada.

– É um homem – repetiu a voz. – Ele vem viver conosco? – Era uma voz grossa com uma peculiaridade, uma espécie de sibilar, que me soou estranha, mas com um sotaque britânico estranhamente correto.

O Homem-Símio virou-se para mim como se esperasse que eu fizesse algo. Entendi aquela pausa como uma pergunta.

– Ele vem viver com vocês – respondi.

– É um homem. Ele precisa aprender a Lei.

Comecei a distinguir uma escuridão mais profunda na penumbra, um vago contorno de uma figura acocorada. Então notei que a abertura do local estava escurecida por mais duas cabeças. Apertei o pedaço de pau com mais força na mão. A criatura na escuridão se manifestou em um tom mais alto.

– Diga as palavras. – Eu não tinha ouvido o que ele dissera antes. – Não andar de Quatro; essa é a Lei – a criatura repetiu em uma espécie de recitação.

Fiquei confuso.

– Diga as palavras – o Homem-Símio repetiu a instrução do outro, e as figuras na abertura ecoaram a frase com um tom de ameaça. Concluí que precisava repetir aquela frase idiota. Então teve início uma cerimônia insana. A voz na escuridão começou a entoar uma litania de loucuras e, frase por frase, eu e os demais repetíamos. Enquanto isso, eles oscilavam de um lado para o outro, batendo as mãos nos joelhos, e eu fiz o mesmo. Na minha cabeça, era como se eu já estivesse morto e em outro mundo. Na cabana escura, as silhuetas grotescas, iluminadas de tempos em tempos por um fiapo de luz, se balançavam e recitavam em uníssono:

– Não andar de Quatro; *essa* é a Lei. Pois não somos homens?

– Não sugar ao Beber; *essa* é a Lei. Pois não somos Homens?

– Não comer Carne ou Peixe; *essa* é a Lei. Pois não somos Homens?

– Não arranhar a Casca das Árvores; *essa* é a Lei. Pois não somos Homens?

– Não perseguir outros Homens; *essa* é a Lei. Pois não somos Homens?

E a coisa seguia adiante, incluindo proibições do que para mim eram as coisas mais loucas, impossíveis e indecentes que alguém poderia imaginar. Uma espécie de fervor rítmico se abateu sobre nós; continuamos falando e balançando cada vez mais depressa, repetindo aquelas leis inacreditáveis. Na aparência, eu estava contagiado pela catarse dos brutos, mas dentro de mim a derrisão e a aversão se misturavam. Percorremos uma longa lista de proibições, e então a recitação prosseguiu com outra fórmula.

– A Morada da Dor é *Dele*.

– A Mão que produz é *Dele*.

– A Mão que fere é *Dele*.

– A Mão que cura é *Dele*.

E assim prosseguia uma longa lista, na verdade uma bobagem incompressível, sobre *Ele*, quem quer que fosse. Era possível imaginar que se tratava de um sonho, mas eu nunca tinha ouvido recitações em sonho antes.

– O clarão do raio é *Dele* – entoamos. – O mar profundo e salgado é *Dele*.

Um pensamento terrível me ocorreu, a ideia de que Moreau, depois de animalizar aqueles homens, pudesse ter incutido em seus cérebros limitados uma espécie de deificação de sua própria figura. No entanto, a proximidade daqueles dentes brancos e daquelas garras poderosas era grande demais para que eu interrompesse minha recitação por isso.

– As estrelas no céu são *Dele*.

Por fim a entoação terminou. Vi o rosto do Homem-Símio molhado de suor e, com os olhos mais acostumados à penumbra, consegui enxergar de forma mais clara a figura no canto de onde vinha a voz. Era do tamanho de um homem, mas parecia recoberto de uma pelagem cinzenta, como a de um cão terrier. O que era aquilo? O que eram eles todos? Imagine-se em um local habitado pelos mais terríveis aleijões e doentes mentais que é possível conceber e talvez você consiga entender em certa medida minha sensação em meio àquelas caricaturas humanas.

– Ele é um homem-de-cinco, um homem-de--cinco, um homem-de-cinco... como eu – disse o Homem-Símio.

Eu estendi as mãos. A criatura cinzenta no canto se inclinou para a frente.

– Não andar de Quatro; essa é a Lei. Pois não somos Homens? – ele disse, estendendo uma garra estranhamente distorcida e segurando meus dedos. Era quase como um casco de cervo transformado em garra. Tive que me segurar para não gritar de surpresa e dor. Seu rosto se aproximou e examinou minhas unhas, aparecendo sob a luz fraca que entrava pela abertura da cabana, e vi com um estremecimento de asco que não era uma face nem de homem nem de animal, apenas um aglomerado de pelagem cinzenta, com três aberturas cinzentas marcando a presença dos olhos e da boca.

– Ele tem unhas pequenas – comentou a figura de rosto cabeludo. – Isso é bom. Muitos se complicam com unhas compridas.

Ele soltou minha mão, e instintivamente peguei meu pedaço de pau.

– Coma raízes e verduras... é a vontade Dele – disse o Homem-Símio.

– Eu sou o Ditador da Lei – afirmou a figura cinzenta. – Aqui vêm todos os novos, para aprender a Lei. Eu fico no escuro e dito a Lei.

– É assim mesmo – disse um dos bichos na abertura.

– Cruéis são os castigos para quem não respeita a Lei. Ninguém escapa.

– Ninguém escapa – disseram os outros bichos, trocando olhares furtivos.

– Ninguém, ninguém – falou o Homem-Símio. – Ninguém escapa. Veja! Eu fiz uma coisa pequena, uma coisa errada uma vez. Resmungava, resmungava, parei de falar. Ninguém conseguia entender. Estou queimado, marcado na mão. Ele é grande, ele é bom!

– Ninguém escapa – disse a criatura no canto.

– Ninguém escapa – repetiu o Povo-Bicho, trocando olhares de apoio.

– Pois para todos o desejo é ruim – falou o cinzento Ditador da Lei. – O que você vai desejar, não sabemos. Mas saberemos. Alguns desejam perseguir coisas que se movem, observar e espreitar e esperar e dar bote, matar e morder, morder profundo, sugar o sangue... É ruim. "Não perseguir outros Homens; essa é a Lei. *Pois não somos Homens?* Não comer Carne ou Peixe; essa é a Lei. *Pois não somos homens?*"

– Ninguém escapa – disse um bruto malhado, parado na abertura de entrada.

– Para todos o desejo é ruim – falou o cinzento Ditador da Lei. – Alguns desejam rasgar com os dedos e as mãos para encontrar o interior das coisas, cavoucando a terra... É ruim.

– Ninguém escapa – disseram os homens na entrada.

– Alguns arranham árvores, alguns cavoucam as tumbas dos mortos; alguns lutam com a testa ou os pés ou as garras; alguns mordem de repente, sem nenhum motivo; alguns gostam de sujeira.

– Ninguém escapa – disse o Homem-Símio, coçando a panturrilha.

– Ninguém escapa – repetiu a pequena preguiça rosada.

– O castigo é rápido e certeiro. Portanto aprenda a Lei. Diga as palavras. – Ele começou de novo a estranha litania da Lei, e mais uma vez eu e as demais criaturas começamos a recitar e balançar. Minha cabeça girava a mil com a cantoria e o cheiro forte do lugar, mas eu segui adiante, confiando que em algum momento haveria novos desdobramentos. – Não andar de Quatro; essa é a Lei. *Pois não somos Homens?*

Estávamos fazendo tanto barulho que não percebi o tumulto do lado de fora, até que alguém que deduzi ser um dos Homens-Suínos que eu vira antes enfiou a cabeça no recinto por cima da pequena preguiça rosada e gritou exaltadamente alguma coisa que não consegui identificar. Imediatamente aqueles que estavam na abertura da cabana desapareceram. O Homem-Símio saiu às pressas, a criatura que até então se mantinha na escuridão o seguiu – e só então notei como era grande e desajeitada, e coberta de uma pelagem prateada – e eu fui deixado sozinho.

Antes de chegar à entrada da cabana, ouvi o latido de um cão de caça.

No momento seguinte, eu estava de pé do lado de fora da entrada, com meu pedaço de cadeira na mão, sentindo cada músculo do corpo tremer. Diante de mim estavam as costas disformes de talvez duas dezenas de membros do Povo-Bicho, com suas cabeças deformadas semiescondidas pelas escápulas. Todos gesticulavam exaltadamente. Outros rostos semianimalescos e curiosos se espichavam para fora dos abrigos. Olhando na direção para a qual estavam virados, vi aparecer por entre a névoa sob as árvores além do fim do corredor de cabanas a silhueta escura e o rosto branco e terrível de Moreau. Ele segurava o cão de caça excitado pela correia, e logo atrás vinha Montgomery, com o revólver em punho.

Por um momento fiquei paralisado de pavor.

Quando me virei, vi que a passagem atrás de mim estava bloqueada por outro bruto grandalhão com um enorme rosto cinzento e olhinhos brilhantes, que avançava na minha direção. Olhei ao redor e vi à minha direita, uns cinco metros à frente, uma abertura estreita no paredão de rocha, pela qual um raio de luz penetrava as sombras.

– Pare! – gritou Moreau quando me dirigi a esse local, e então: – Detenham-no! – Depois dessa ordem, o primeiro rosto se voltou para mim, e então os demais. Suas mentes bestiais eram felizmente lerdas.

Esbarrei com o ombro em um monstro desajeitado que estava se virando para ver a que Moreau se referia e o arremessei para cima de outro. Senti suas mãos apalparem o ar, tentando me segurar, mas sem sucesso. A criaturinha rosada parecida com uma preguiça disparou na minha direção, e eu a acertei com o prego, cortando seu rosto feioso, e em um instante estava escalando o caminho íngreme, uma espécie de chaminé inclinada que subia pela garganta. Ouvi um uivo atrás de mim e gritos de "Peguem-no!", "Segurem-no!", e a criatura de rosto cinzento apareceu atrás de mim e enfiou o corpanzil na abertura.

– Vamos, vamos! – eles gritavam. Fui escalando a fenda na rocha e saí no solo sulfuroso a oeste do vilarejo dos Homens-Bichos.

Corri pela clareira esbranquiçada e desci uma encosta íngreme com árvores esparsas, chegando a uma baixada de juncos altos. Senti sob meus pés um solo espesso, escuro e enlameado. A abertura se revelou uma bênção para mim, pois sua passagem estreita e inclinada deve ter detido meus perseguidores mais próximos. Quando me embrenhei nos juncos, o primeiro deles estava apenas saindo da abertura. Segui abrindo caminho no mato por alguns minutos. O ar atrás de mim e ao redor logo foi preenchido por gritos ameaçadores. Ouvi o tropel dos meus perseguidores emergindo da abertura e correndo pela encosta, e então a agitação nos juncos e, de tempos em tempos, o estalo de um galho quebrado. Algumas criaturas urravam como aves de rapina na emoção da caçada. O cão de caça latia mais à esquerda. Ouvi Moreau e Montgomery gritando nessa mesma direção. Dei uma guinada para a direita. Nesse momento tive a impressão de ouvir Montgomery berrar para que eu corresse para me salvar.

Em seguida o chão cedeu, espesso e barrento, sob os meus pés; mas eu estava desesperado e segui em frente, com lama até os joelhos, e emergi em uma trilha serpenteante em meio a caniços altos. O som dos meus perseguidores se deslocou para a esquerda. Em um determinado local, três estranhos animais rosados e saltitantes, mais ou menos do tamanho de gatos, pularam para sair da minha frente. A trilha seguia encosta acima, atravessava outra clareira com incrustação esbranquiçada e mergulhava em mais um matagal.

Então subitamente seguia em paralelo à beirada de uma elevação vertical e terminava sem aviso, de forma abrupta, como o fosso de um parque inglês. Eu ainda estava correndo com todas as forças, e só vi o abismo quando já estava mergulhando no vazio.

Despenquei de cabeça sobre os antebraços no meio dos espinhos, e me levantei com um rasgo na orelha e o rosto ensanguentado. Caíra em uma ravina rochosa e espinhosa, coberta por uma névoa úmida que pairava no ar em pequenas nuvens, cortada no centro por um córrego estreito de onde vinha a névoa. Fiquei perplexo por deparar com uma neblina em um dia de sol forte, mas não tinha tempo para pensar a respeito. Virei à direita na direção da correnteza, na esperança de que o mar estivesse daquele lado, para que eu pudesse então me afogar. Apenas mais tarde percebi que na queda tinha perdido meu pedaço de pau com o prego na ponta.

A ravina se tornou estreita demais para permitir a minha passagem em um trecho, e sem pensar coloquei o pé na água. Pulei de volta para a margem em um pulo, pois a água estava quase fervendo. Notei também que havia uma fina camada de espuma sulfurosa na superfície da água. No instante seguinte deparei com uma curva abrupta na ravina, e o azul indistinto do horizonte se revelou. O mar refletia o sol em uma miríade de pequenos pontos brilhantes. Vi a minha morte diante de mim.

Mas eu estava cansado e ofegante. Sentia uma boa dose de euforia também, por ter me distanciado dos meus perseguidores. Não estava disposto a me afogar naquele momento. Meu sangue estava quente demais.

Olhei para trás, para o caminho por onde viera. E escutei. A não ser pelo zumbido dos mosquitos e do trinar de alguns insetos que saltavam pelos espinheiros, o ar estava totalmente imóvel.

Então ouvi o latido de um cão, bem distante, um emaranhado de resmungos, o estalo de um chicote e vozes, que por um momento ficaram mais altas e depois se afastaram de novo. O ruído se afastou correnteza acima e desapareceu. Temporariamente, a perseguição terminou.

Mas pelo menos eu sabia o quanto de ajuda poderia esperar do Povo-Bicho.

13

A NEGOCIAÇÃO

Virei-me outra vez e comecei a descida na direção do mar. O córrego quente se alargava e se espalhava em um areal coberto de vegetação rasteira, no qual diversos caranguejos e outras criaturas de corpos alongados e múltiplas pernas assustavam-se com a aproximação dos meus passos. Caminhei até a beirada da água salgada, e então senti que estava a salvo. Virei-me para olhar para trás – com as mãos na cintura –, para a vegetação espessa atrás de mim, cortada ao meio pela ravina fumegante. Mas, como já afirmei, eu estava eufórico demais e – algo que aqueles que nunca correram perigo de verdade podem não acreditar – desesperado demais para pensar em morrer.

Foi quando me veio à mente que eu ainda tinha uma chance. Enquanto Moreau, Montgomery e sua horda bestial me perseguiam pela ilha, eu poderia ir pela praia até sua construção – aproveitando o flanco que deixaram aberto – e então, com uma pedra solta retirada de alguma parede, arrombar a fechadura da porta interna e ver o que poderia encontrar – uma faca, pistola ou coisa do tipo – para enfrentá-los quando voltassem. Era uma boa chance de não morrer de graça.

Voltei-me para o oeste e fui caminhando pela beira d'água. O sol poente lançava seu calor ofuscante sobre os meus olhos. A maré vagarosa do Pacífico subia com uma ondulação suave.

Em um determinado ponto, a praia fazia uma curva para o sul e o sol ficou à minha direita. Então, de forma repentina à distância, vi uma e depois várias figuras emergirem dos arbustos – Moreau e seu cão de caça cinzento, Montgomery e mais outros dois. Detive o passo imediatamente.

Eles me viram e começaram a gesticular e avançar. Fiquei parado, observando sua aproximação. Os dois Homens-Bichos saíram correndo para me interceptar caso eu tentasse fugir para o interior da ilha. Montgomery também veio correndo, mas diretamente na minha direção. Moreau seguia em um passo mais lento, junto com o cão.

Por fim interrompi a inatividade e, virando para o mar, fui caminhando diretamente para a água. O mar era raso naquele ponto. Precisei avançar trinta metros antes que as ondas chegassem à minha cintura. Era possível ver as criaturas marinhas fugindo dos meus pés.

– O que está fazendo, homem? – gritou Montgomery.

Virei-me, com a água pela cintura, e o encarei.

Montgomery estava parado na beira d'água, ofegante. Seu rosto estava vermelho por causa do esforço, os cabelos claros agitados pelo vento, e o lábio inferior voltado para baixo revelava os dentes irregulares. Moreau estava chegando só então, com o rosto pálido e firme, e o cão na correia latia para mim. Ambos empunhavam chicotes pesados. Mais adiante na praia estavam os Homens-Bichos.

— O que eu estou fazendo?... Vou me afogar — respondi.

Montgomery e Moreau se entreolharam.

— Por quê? — questionou Moreau.

— Porque isso é melhor do que ser torturado por vocês.

— Eu falei — disse Montgomery, e Moreau lhe respondeu alguma coisa em voz baixa.

— O que faz você pensar que eu vou torturá-lo? — perguntou Moreau.

— O que eu vi — falei. — E... aqueles lá.

— Quieto! — disse Moreau, levantando a mão.

— Não vou ficar quieto — retruquei. — Eles eram homens: e o que são agora? Eu é que não vou ser como eles. — Olhei para além dos meus interlocutores. Na praia estavam o ajudante de Montgomery, M'ling, e um dos brutos com o corpo coberto de panos que estavam na lancha. Mais adiante, à sombra das árvores, vi o Homem-Símio, e atrás dele outras figuras inidentificáveis.

— Quem são essas criaturas? — perguntei, apontando para eles e levantando cada vez mais o tom de voz, para que me ouvissem. — Eles eram homens, homens como vocês, que os infectaram com alguma chaga bestial, homens que vocês escravizaram e de quem ainda têm medo... Vocês que estão me ouvindo — gritei, apontando para Moreau e chamando a atenção dos Homens-Bichos. — Vocês que estão me ouvindo! Não estão vendo que esses homens têm medo de vocês, que estão apavorados? Por que se deixam intimidar por eles? Vocês estão em maioria...

– Pelo amor de Deus – gritou Montgomery –, pare com isso, Prendick!

– Prendick! – berrou Moreau.

Eles gritaram juntos, como se quisessem abafar a minha voz. E atrás deles estavam os rostos dos Homens-Bichos, com expressões de interrogação, com as mãos deformadas soltas ao lado do corpo e os ombros caídos. Pareciam tentar me entender, buscar alguma recordação de seu passado humano.

Continuei gritando, mas não me recordo bem o quê. Que Moreau e Montgomery poderiam ser mortos; que não deveriam ser temidos: foi mais ou menos isso o que tentei incutir na cabeça do Povo-Bicho, me colocando em uma situação ainda maior de perigo. Vi o homem de olhos verdes envolto em trapos escuros, que encontrei no dia da minha chegada, surgir do meio das árvores, e os outros o seguiram para me ouvir melhor.

Enfim parei de falar, para recobrar o fôlego.

– Me escute por um instante – disse a voz tranquila de Moreau – e depois pode dizer o que quiser.

– Pois bem – respondi.

Ele tossiu, pensou e então gritou:

– Vou falar em latim, Prendick! Um arremedo de latim! Latim de estudante de ginásio! Mas tente entender. *Hi non sunt homines, sunt animalia qui nos habemus...* vivisseccionado. Um processo de humanização. Eu explico. Venha para a areia.

Eu dei risada.

– Boa tentativa – rebati. – Eles falam, constroem abrigos, cozinham. Eram homens. Até parece que vou para a areia.

– Um pouco mais para a frente de onde você está a água é profunda... e cheia de tubarões.

– É isso mesmo que eu quero – respondi. – Rápido e sem rodeios. Daqui a um instante.

– Espere um pouco. – Ele sacou do bolso algo que brilhou sob o sol e largou o objeto aos seus pés. – É um revólver carregado – explicou ele. – Montgomery vai fazer o mesmo. Agora vamos nos afastar até uma distância que você considere satisfatória. Em seguida, venha e pegue os revólveres.

– Nada disso. Deve haver mais alguém com vocês.

– Quero que você reflita melhor, Prendick. Em primeiro lugar, eu nunca quis que você viesse para a ilha. Além disso, você estava dopado ontem à noite, o que ofereceu a ocasião ideal para o caso de querermos fazer alguma coisa; e agora que o primeiro impacto do pânico passou você pode pensar um pouco... Montgomery lhe parece de fato o homem que você está pintando? Nós o seguimos para o seu próprio bem. Porque esta ilha está cheia de... fenômenos adversos. Por que iríamos atirar se você acabou de dizer que quer se afogar?

– Por que vocês voltaram... seu povo contra mim quando eu estava na cabana?

– Queríamos chegar até você e tirá-lo de uma situação de perigo. Depois nos afastamos do seu rastro... para o seu próprio bem.

Eu pensei a respeito. Parecia plausível. Então me lembrei de outra coisa.

– Mas eu vi – argumentei –, no cercado...

– Era a onça-parda.

– Escute aqui, Prendick – disse Montgomery. – Você é um tolo. Saia da água, pegue os revólveres e venha conversar. Não podemos fazer nada pior do que você pode fazer a si mesmo.

Confesso que naquele momento, como sempre, meu sentimento em relação a Moreau era de desconfiança e temor. Mas Montgomery era um homem que eu imaginava entender.

– Afastem-se – falei, depois de pensar um pouco. E acrescentei: – Com as mãos para cima.

– Não posso fazer isso – respondeu Montgomery, apontando com o queixo para trás de si. – Seria vexatório.

– Vão até as árvores, então – rebati –, se assim preferirem.

– Essa cerimônia toda é uma bobagem – disse Montgomery.

Ambos se viraram para as seis ou sete criaturas grotescas paradas sob o sol forte – de carne e osso, projetando sombras, mas mesmo assim absurdamente irreais. Montgomery estalou o chicote em sua direção e imediatamente todos correram para se esconder entre as árvores. Quando Montgomery e Moreau estavam a uma distância que considerei suficiente, caminhei até a areia e examinei os revólveres. Para me garantir contra eventuais truques ardilosos, descarreguei um deles em uma pedra arredondada de lava, que para minha satisfação se pulverizou, espalhando fragmentos de chumbo na areia.

Mesmo assim, hesitei por um momento.

– Resolvi correr o risco – falei por fim e, com um revólver em cada mão, fui andando pela praia na direção deles.

– Melhor assim – respondeu Moreau, sem se abalar. – Você me fez perder uma boa parte do dia com esse maldito pânico.

E com esse comentário humilhante de desprezo ele e Montgomery se viraram e partiram em silêncio na minha frente.

Os Homens-Bichos, ainda com expressões de interrogação, estavam escondidos no meio das árvores. Passei por eles com a maior serenidade possível. Um inclusive começou a me seguir, mas recuou quando Montgomery estalou o chicote. O restante ficou em silêncio – só observando. Eles poderiam ter sido animais em algum ponto da vida. Mas nunca antes eu tinha visto um animal tentar raciocinar.

14

O DR. MOREAU SE EXPLICA

— E agora, Prendick, eu vou explicar – disse o dr. Moreau logo depois de comermos e bebermos. – Confesso que você é o hóspede mais impositivo que já recebi. Mas aviso que é a última vez que cedo às suas vontades. Da próxima vez que ameaçar suicídio não vou mover uma palha... por mais inconvenientes que isso possa me causar.

Ele estava sentado na cadeira que eu costumava usar, com um charuto pela metade nos dedos brancos e habilidosos. A luz do lampião pendurado no teto iluminava seus cabelos grisalhos; ele olhava pela pequena janela para o céu estrelado. Fiquei à maior distância possível dele, com a mesa entre nós e os revólveres em punho. Montgomery não estava presente. Eu não ia gostar nada de estar junto com os dois em um recinto tão pequeno.

— Você admite que aquele ser humano vivisseccionado, como você o chamou, na verdade era só a onça-parda? – questionou Moreau. Ele tinha me feito contemplar o horror existente no pátio interno para que eu me convencesse de que se tratava de um ser inumano.

— É a onça-parda – admiti –, ainda viva, mas tão ferida e mutilada que rezo para nunca mais ver outra criatura de carne e osso assim de novo. De todos os absurdos...

– Pare com isso – interrompeu Moreau. – Pelo menos me poupe desses protestos infantis. Montgomery era igualzinho. Você admite que é a onça-parda. Agora fique calado durante a aula de fisiologia que vou lhe dar. – Imediatamente ele assumiu o tom de um homem absurdamente entediado, mas depois se animou um pouco e começou a me explicar seu trabalho. Ele foi bem direto e convincente. De tempos em tempos era possível notar um toque de sarcasmo na sua voz. Em determinado momento me senti envergonhado com a nossa postura em relação um ao outro.

As criaturas que eu vi não eram homens, nunca tinham sido. Eram animais humanizados, triunfos da vivissecção.

– Você não sabe o que um praticante habilidoso da vivissecção é capaz de fazer com criaturas vivas – disse Moreau. – Da minha parte, não entendo por que as coisas que fizemos nunca foram realizadas antes. Pequenos sacrifícios foram feitos, obviamente... amputações, cortes de língua, excisões. Você sabe que o estrabismo pode ser induzido ou curado pela cirurgia, não? E as excisões podem envolver todos os tipos de mudanças secundárias, problemas de pigmentação, alterações de comportamento, modificações na secreção do tecido adiposo. Com certeza você já ouviu falar de tudo isso, não?

– Claro – respondi. – Mas essas suas criaturas horrendas...

– Eu chego lá – ele interrompeu com um gesto de mão. – Só estou começando a explicar. Esses são casos triviais de modificação. A cirurgia é capaz de feitos melhores. Existe espaço também para processos de construção além de mutilação e alteração. Você talvez tenha ouvido falar em uma cirurgia bem comum usada em casos em que um nariz foi destruído. Uma faixa de pele é cortada da testa e implantada no nariz, onde se adapta à nova posição. É uma questão de enxertar em novas posições outras partes do animal. Enxertar um material obtido de outro animal também é possível, no caso dos dentes, por exemplo. O enxerto de pele e ossos é feito para facilitar a cicatrização. O cirurgião põe na incisão pedaços de pele de outro animal, ou fragmentos de ossos de uma vítima recém-morta. O esporão de Hunter, você deve ter ouvido falar, implantado no pescoço de um touro. E os ratos-rinocerontes dos zuavos da Argélia também podem ser levados em conta, monstros fabricados com a transferência da cauda do rato para o focinho, que cicatrizava naquela posição.

– Monstros fabricados! – repeti. – Então você está me dizendo...

– Sim. Essas criaturas que você viu são animais desmembrados e rearranjados em novas formas. A isso, ao estudo da plasticidade das formas vivas, minha vida foi dedicada. Estudei durante anos, adquirindo mais conhecimento conforme avançava. Os fundamentos estavam presentes na prática da anatomia havia anos, mas ninguém tivera a ousadia de experimentar. Não é simplesmente a aparência exterior do animal que consigo mudar. A fisiologia, a rotina química da criatura também pode passar por alterações duradouras, de que a vacinação e outros métodos de inoculação com matérias vivas ou mortas são exemplos que, sem dúvida, você há de conhecer. Uma operação similar é a transfusão de sangue, que foi com que comecei. Esses são os casos mais familiares. Menos conhecidas, e provavelmente muito mais abrangentes, são as operações que os médicos medievais faziam com anões, mendigos aleijados e monstros de shows de horrores; alguns vestígios dessa arte ainda são perceptíveis nas manipulações preliminares a que são submetidos os jovens saltimbancos e contorcionistas. Victor Hugo oferece um relato a respeito em *L'Homme qui Rit*... Mas talvez o que estou dizendo já tenha ficado claro a esta altura. Você já entendeu que é possível transplantar tecidos de uma parte de um animal para outro, ou de um animal para o outro, a fim de alterar suas reações químicas e métodos de crescimento, para modificar as articulações de seus membros e transformar sua estrutura mais fundamental, não? Mesmo assim, esse ramo extraordinário do conhecimento nunca foi explorado de forma sistemática como um objetivo por si só por nenhum pesquisador moderno antes de mim! Algumas dessas coisas foram descobertas quando se apelava para a cirurgia como último recurso; a maioria das evidências de que você deve se lembrar também foram demonstradas assim, por acaso, por tiranos, criminosos, criadores de cavalos e cães, por todos os tipos de amadores desajeitados em busca de propósitos imediatos. Eu fui o primeiro homem a abordar essa possibilidade valendo-me de cirurgias assépticas e um conhecimento verdadeiramente científico das leis do crescimento de seres vivos. Mas também é de se imaginar que tal prática tenha sido executada em segredo antes. Em criaturas como gêmeos siameses... e nos calabouços da Inquisição. Sem dúvida o objetivo imediato era a arte da tortura, mas pelo menos algum dos inquisidores devia ter certa curiosidade científica...

– Mas – eu interrompi. – Essas coisas... esses animais *falam*!

Ele respondeu que era essa mesmo a intenção e continuou expondo as possibilidades da vivissecção, que não se limitavam à transformação física. Um porco poderia ser educado. A estrutura mental é ainda menos definitiva que a corpórea. Na ciência em desenvolvimento da hipnose é possível encontrar o potencial para substituir velhos instintos inerentes por novas sugestões, encobrindo ou alterando as ideias fixas inerentes à mente. Na verdade, muito do que chamamos de educação moral é uma modificação artificial com base na perversão dos instintos; a agressividade é transformada em coragem para o autossacrifício, e a sexualidade reprimida se torna fervor religioso. E a grande diferença entre o homem e o macaco é a laringe, ele falou, a incapacidade do animal de moldar com precisão diferentes símbolos sonoros para expressar seus pensamentos. Nesse caso eu discordei dele, mas com certa grosseria Moreau se recusou a levar em conta minha objeção. Ele repetiu que era assim mesmo, e continuou a falar sobre seu trabalho.

Perguntei por que ele havia tomado a forma humana como modelo. Me pareceu haver, e ainda parece, uma estranha crueldade nessa escolha.

Ele confessou ter eleito essa forma por acaso.

– Eu poderia ter me dedicado a moldar ovelhas na forma de lhamas, ou lhamas na forma de ovelhas. Acho que existe algo na forma humana que tem um apelo mais forte para o lado artístico da mente do que qualquer outra proporção animal. Mas não me limito a fabricar homens. Vez ou outra... – Ele ficou calado, por um minuto inteiro talvez. – Todos esses anos! Como passaram depressa! E eu aqui desperdiçando um dia salvando sua vida, e desperdiçando uma hora com explicações!

– Mas eu ainda não entendi – falei. – Qual é sua justificativa para infligir tamanha dor? A única coisa que poderia justificar a vivissecção para mim seria alguma aplicação...

– Exatamente – disse ele. – Mas entenda que eu não penso assim. Partimos de pressupostos diferentes. Você é um materialista.

– Eu não sou um materialista – retruquei exaltado.

– Do meu ponto de vista... do meu ponto de vista. Pois é só a questão da dor que nos separa. Quando uma dor visível ou audível o perturba, quando sua própria dor é o que move você, quando a dor está por trás de suas proposições sobre o que constitui pecado, afirmo que você não passa de um animal, avaliando tudo de uma forma apenas um pouco menos obscura do que um animal faria. Essa dor...

Fiz um gesto de impaciência diante de tamanho sofisma.

– Ora! Mas é uma coisa tão ínfima. Uma mente realmente aberta ao que a ciência tem a ensinar precisa entender que é uma coisa ínfima. Pode ser que em nenhum lugar além deste pequeno planeta, este grão de poeira cósmica, que se torna invisível muito antes de se chegar à estrela mais próxima, pode ser, como eu ia dizendo, pode ser que em nenhum outro lugar exista essa coisa chamada dor. Mas as leis que nos guiam... Ora, mesmo aqui nesta Terra, entre as criaturas vivas, o que é a dor?

Enquanto falava, ele sacou um canivete do bolso, expôs a pequena lâmina e moveu a cadeira para que eu pudesse ver sua coxa. Em seguida, escolhendo com cuidado o local, cravou a lâmina na perna e depois a retirou.

– Sem dúvida você já viu isso antes. Mas o que isso prova? A sensibilidade à dor não é necessária no músculo, e não existe nesse tecido; quase não é necessária na pele, e apenas em alguns pontos da coxa é possível sentir dor. A dor é apenas um mecanismo de aconselhamento médico usado para nos alertar e nos estimular. Nem todo tecido vivo é sensível à dor, nem tudo é só nervo, nem mesmo os nervos sensoriais. Não existe qualquer traço de dor, de dor real, nas sensações do nervo óptico. Se você ferir o nervo óptico, vai ver apenas clarões de luz, assim como as doenças nos nervos auditivos produzem apenas um zumbido nos ouvidos. As plantas não sentem dor; quanto aos animais de ordens inferiores, é possível que espécies como as estrelas-do-mar e os lagostins não sintam dor. Em relação aos homens, quanto mais inteligentes se tornarem, mais estarão capacitados a garantir o próprio bem-estar e menos vão precisar desse tipo de mecanismo para se manterem longe do perigo. Não conheço nenhuma coisa inútil que não tenha sido eliminada pelo processo de evolução mais cedo ou mais tarde. Você conhece? E a dor é inútil. Além disso, sou um homem religioso, Prendick, como toda pessoa sã deve ser. E pode ser que eu conheça melhor os caminhos do Criador deste mundo do que você, pois examinei suas leis, à minha maneira, por toda a vida, enquanto você, pelo que sei, colecionava borboletas. E lhe digo uma coisa, prazer e dor não têm nada a ver com paraíso e inferno. Prazer e dor... bah! O que são os êxtases dos teólogos senão as huris de Maomé disfarçadas? Essa importância que homens e mulheres dão ao prazer e à dor, Prendick, é uma marca animalesca sobre a humanidade, a marca do bicho do qual viemos. Dor! Dor e prazer... isso existe para nós apenas enquanto chafurdamos na poeira... Saiba que eu prossegui com as minhas pesquisas de acordo com o caminho a que elas me levavam. É a única maneira que conheço de conduzir pesquisas. Faço uma pergunta, estabeleço um método para chegar a uma resposta e... encontro outra pergunta. Isso ou aquilo seria possível? Você não faz ideia do que isso significa para um pesquisador, o fervor intelectual que desperta. Você não imagina o estranho deleite proporcionado pelos desejos intelectuais. A criatura diante de você deixa de ser um animal, um ser vivo, e se torna um problema científico. Compaixão com a dor... só o que sei sobre isso é que era uma coisa da qual eu sofria anos atrás. Eu queria descobrir o limite extremo da plasticidade em uma forma viva, era só isso que desejava de fato.

– Mas – eu argumentei – isso é uma abominação...

– Até hoje nunca me deixei abalar pelas implicações éticas da questão. O estudo da Natureza torna o homem pelo menos tão implacável quanto a Natureza. Eu segui em frente, sem me preocupar com nada além da pergunta que estava tentando responder, e o material foi... se espalhando por aquelas cabanas... Faz quase onze anos que chegamos aqui, eu, Montgomery e seis canacas. Lembro-me da vegetação intocada da ilha e do vazio do mar ao nosso redor como se fosse ontem. O lugar parecia estar à minha espera. As coisas foram desembarcadas, e a casa foi construída. Os canacas levantaram algumas cabanas perto da ravina. Comecei a trabalhar aqui com o que havia trazido comigo. Algumas coisas desagradáveis aconteceram a princípio. Comecei com uma ovelha, e a matei depois de um dia e meio por um escorregão com o bisturi; peguei outra ovelha, uma criatura cheia de dor e medo, que deixei amarrada para cicatrizar. Parecia ter a forma humana quando terminei, mas quando a reexaminei não fiquei satisfeito; o bicho me reconhecia, e ficava apavorado, e ainda tinha a inteligência de uma ovelha. Quanto mais eu olhava, mais desajeitada a coisa me parecia, até que resolvi encerrar o sofrimento do monstro. Esses animais sem coragem, esses bichos movidos pelo medo e pela dor, sem um pingo de determinação para enfrentar o sofrimento, eles não servem para fazer homens. Então peguei um gorila que tinha e, trabalhando com um esmero infinito, superando dificuldade após dificuldade, fiz meu primeiro homem. Durante uma semana inteira, dia e noite, eu o moldei. No caso dele era principalmente o cérebro que precisava ser moldado; havia muito o que acrescentar e alterar. Eu o considerei um belo espécime do tipo negroide quando terminei, mas estava imóvel, todo amarrado e coberto de bandagens, diante de mim. Só quando me certifiquei de que iria sobreviver saí de perto dele, e encontrei Montgomery exatamente do jeito como você está. Ele tinha ouvido alguns gritos enquanto a coisa se tornava humana, gritos como esses que tanto perturbaram *você*. Montgomery não era da minha total confiança no início. E os canacas também perceberam que havia alguma coisa errada. Ficavam apavoradíssimos só de colocar os olhos em mim. Consegui trazer Montgomery para o meu lado, até certo ponto, mas tivemos um trabalhão para impedir que os canacas fugissem. No fim foi o que eles fizeram, e assim perdemos o iate. Passei um bom tempo educando o selvagem, ao todo fiquei com ele três ou quatro meses. Ensinei os rudimentos da língua inglesa, noções de contagem, fiz até a criatura ler o alfabeto. Mas nisso ele era bem lento, embora eu já tenha conhecido homens ainda mais lerdos. Ele começou como uma tábua rasa, em termos mentais; não tinha lembrança alguma daquilo que havia sido. Quando as cicatrizes curaram e ele deixou de se sentir rígido e dolorido, tornando-se capaz de conversar um pouco, eu o levei até os canacas e o apresentei como um fugitivo de uma embarcação. Eles morriam de medo dele no começo, por algum motivo, o que me deixou bastante ofendido, pois estava orgulhoso do meu feito. Mas ele tinha modos tão suaves, e um ar tão sofrido, que depois de um tempo eles o acolheram e se encarregaram de sua educação. Ele aprendeu depressa, sabia muito bem como imitar e se adaptar, e construiu para si um abrigo muito melhor, aos meus olhos, do que as cabanas dos canacas. Um dos rapazes tinha um certo espírito de missionário e ensinou a criatura a ler, ou pelo menos a discernir as letras, e lhe transmitiu algumas ideias rudimentares de moralidade, mas ao que parece os hábitos do bicho não eram dos mais desejáveis. Eu descansei do trabalho por alguns dias, e tinha a intenção de escrever um relato sobre o caso para alertar os fisiologistas ingleses. Então encontrei a criatura em cima de uma árvore, gritando coisas incompreensíveis para dois canacas que o provocavam. Eu o ameacei, avisei que aquele comportamento era inumano, despertei sua noção de vergonha e voltei para cá determinado a aprimorar o procedimento antes de reportar meu trabalho à Inglaterra. Estou progredindo; mas por algum motivo as coisas sempre regridem, a carne teimosa dos bichos vai voltando à forma antiga, dia após dia... Mas ainda vou conseguir produzir coisas melhores. Vou conseguir. Essa onça-parda... Mas, enfim, a história é essa. Os canacas estão todos mortos agora. Um caiu da lancha, outro morreu por causa de um ferimento no calcanhar que ele mesmo envenenou com algum extrato de erva. Três foram embora com o iate e, espero, se afogaram no mar. O outro... foi morto. Bom, eu os substituí. Montgomery no início revelou uma inclinação igual à sua, e depois...

– O que aconteceu com o outro? – me apressei em perguntar. – O outro canaca, o que foi morto.

— A verdade é que, depois de inúmeras criaturas humanas, eu fiz uma coisa que... – ele hesitou.

— Sim?

— Ela foi morta.

— Não entendi – falei. – Está me dizendo que...

— Ela matou o canaca, isso mesmo. E várias outras criaturas que cruzaram seu caminho. Nós a caçamos por alguns dias. Tinha escapado por acidente... não era minha intenção soltá-la por aí. Ainda não estava terminada. Era apenas um experimento. Uma coisa sem membros com um rosto terrível, que se arrastava no chão como uma cobra. Tinha uma força terrível e estava enlouquecida de dor, se deslocava meio que rolando, como um boto nadando. Ficou vagando pela mata por alguns dias, deixando estragos no seu rastro, e partimos em sua caçada. A coisa chegou ao norte da ilha, e nos dividimos para conseguir pegá-la. Montgomery insistiu em vir comigo. O canaca levava um rifle e, quando seu corpo foi encontrado, um dos canos estava curvado em forma de S e todo mordido... Montgomery matou a criatura a tiros... Depois disso, resolvi me concentrar no ideal de humanidade... com exceção de algumas pequenas coisas.

Ele ficou em silêncio. Eu fiquei calado também, só observando seu rosto.

— Então por quase vinte anos, incluindo nove anos na Inglaterra, venho conduzindo esse trabalho, e em tudo o que faço surge um fracasso, alguma coisa que me deixa insatisfeito, que me desafia a uma nova tentativa. Às vezes supero minhas expectativas, às vezes não as satisfaço, mas sempre fico abaixo daquilo que sonho. A forma humana sempre consigo atingir, quase com facilidade, e com variações, podendo ser esguia e elegante ou forte e robusta; mas sempre tem o problema das mãos e das garras, coisas irritantes que não consigo moldar com tanta liberdade. Mas é no delicado rearranjo que precisa ser feito no cérebro que está o problema. A inteligência na maioria das vezes é baixíssima, com incontáveis falhas, abismos inesperados. E a parte mais desagradável de todas é algo que não consigo alcançar, que fica em algum ponto, não consigo determinar qual, no terreno das emoções. Vontades, instintos, desejos que prejudicam o aspecto humano, um estranho reservatório secreto que se rompe de repente e inunda a criatura de raiva, ódio ou medo. Essas minhas criaturas transmitem uma sensação estranha e desconcertante a você, mas para mim, depois que as termino, parecem inquestionavelmente seres humanos. É só depois, com a observação, que a ideia se desfaz. Um primeiro traço animal, e então outro, surge na superfície e captura o olhar... Mas eu ainda vou conseguir. Toda vez que mergulho um animal nas chamas profundas da dor torturante, eu penso: desta vez vou incinerar tudo o que há de animal, desta vez vou fazer uma criatura racional. Afinal de contas, o que são dez anos? A humanidade está em construção há cem mil.

Ele refletiu um pouco, com uma expressão séria.

– Mas eu estou chegando lá. Essa minha onça-parda...

Depois de uma pausa:

— Eles se revertem. Assim que tiro as mãos deles, o bicho começa a voltar, a se estabelecer de novo...

Mais um longo silêncio.

— Então você leva as coisas que faz para aqueles abrigos? – perguntei.

— São elas que vão. Solto-as quando começo a sentir a presença do bicho dentro delas, que vão direto para lá. Todas morrem de medo desta casa e de mim. Existe uma espécie de simulacro de humanidade por lá. Montgomery sabe disso, pois interfere nos assuntos deles. Inclusive treinou um ou dois para nos servir. Ele tem vergonha de admitir, mas acredito que até goste de alguns desses bichos. Isso é problema dele, não meu. O único incômodo que eles me provocam é uma sensação de fracasso. Não tenho interesse algum neles. Acho que seguem as diretrizes apontadas pelo missionário canaca e têm uma espécie de simulacro de vida racional, os pobres-diabos! Existe uma coisa que eles chamam de a Lei. Cantam hinos sobre tudo o que "é dele". Construíram os abrigos sozinhos, colhem frutas e ervas... até se casam. Mas eu vejo o que há por trás de tudo isso, vejo suas almas, e sei que não existe nada ali além da alma de animais, bichos que vão sucumbir... à raiva e ao desejo de ceder aos impulsos... Mas eles são peculiares. Complexos, como todos os seres vivos. Existe neles uma espécie de desejo de evoluir, parte vaidade, parte desejo sexual frustrado, parte curiosidade insatisfeita. Isso é um tapa na cara para mim... Mas tenho esperança com a onça-parda; trabalhei bastante na sua mente...

Ele se levantou depois de um longo silêncio, durante o qual ficamos ambos ocupados com nossos próprios pensamentos.

– E então, o que acha? Ainda tem medo de mim? – perguntou.

Encarei-o e não vi nada além de um homem de rosto branco e cabelos grisalhos, com olhos plácidos. Não fosse pela serenidade, pelo toque de quase beleza conferido por seu aspecto robusto, poderia passar por apenas mais um cavalheiro idoso e bem de vida. Então estremeci. Como resposta à sua segunda pergunta, estendi para ele um revólver em cada mão.

– Pode ficar – ele falou, bocejando. Em seguida se levantou, me encarou por um instante e sorriu. – Você teve dois dias bem agitados – comentou. – Recomendo que durma um pouco. Fico contente por estar tudo esclarecido. Boa noite.

Ele me observou por mais alguns instantes antes de sair pela porta interna. Imediatamente passei a chave na fechadura da outra.

Sentei-me de novo, me sentindo um tanto vazio, tão exausto em termos emocionais, mentais e físicos que não conseguia pensar em mais nada. A janela escura me encarava como um olho. Por fim, com grande esforço, apaguei o lampião e fui me deitar na rede. Em pouco tempo estava dormindo.

15

SOBRE O POVO-BICHO

Acordei cedo. A explicação de Moreau dominava os meus pensamentos, clara e definitiva, desde o momento em que despertei. Saí da rede e fui até a porta me certificar de que estava trancada. Em seguida fui testar a grade da janela, e a encontrei firmemente fixada. O fato de que aquelas criaturas parecidas com seres humanos eram na verdade apenas monstros bestiais, meros esboços grotescos de homens, me transmitia uma incerteza vaga a respeito de seu comportamento potencial que era pior do que qualquer medo definido. Ouvi uma batida na porta e o sotaque carregado da fala de M'ling. Enfiei um dos revólveres no bolso (mantendo a mão sobre ele) e abri a porta.

– Bom dia, senhor – ele falou, trazendo o costumeiro café da manhã composto de verduras e coelho malpassado. Montgomery veio logo atrás. Seus olhos atentos notaram a posição do meu braço, e ele abriu um sorriso torto.

A onça-parda estava repousando naquele dia, para cicatrizar; porém Moreau, que era absolutamente solitário por hábito, não se juntou a nós. Conversei com Montgomery para me informar melhor a respeito de como o Povo-Bicho vivia. Em especial, estava ansioso para saber como aqueles monstros inumanos eram impedidos de atacar Moreau e Montgomery e de se voltar uns contra os outros.

Ele explicou que sua situação de relativa segurança se devia às limitações mentais daqueles monstros. Apesar da inteligência cada vez maior, e da tendência ao redespertar dos instintos animais, eles tinham certas Ideias Fixas implantadas na mente por Moreau que arrebatavam por completo seu imaginário. Na prática eles estavam hipnotizados, foram informados de que certas coisas eram impossíveis e de que certas coisas não deveriam ser feitas, e essas proibições estavam entranhadas à textura de sua mente, impossibilitando qualquer desobediência ou questionamento. Em certas questões, porém, em que os velhos instintos entravam em conflito com os interesses de Moreau, não havia tanta estabilidade. Uma série de proposições batizadas como a Lei – que eu já os ouvira recitar – disputava espaço em sua mente com desejos enraizados e sempre rebeldes de sua natureza animal. A tal Lei era continuamente repetida e, conforme descobri, continuamente desrespeitada. Montgomery e Moreau se esforçavam em especial para não permitir que descobrissem o gosto de sangue. Temiam que tal sabor levasse a certas sugestões inevitáveis.

Montgomery me falou que o respeito à Lei, em especial entre os felinos do Povo-Bicho, enfraquecia singularmente quando caía a noite; que quando estava escuro o instinto animal falava mais alto; que um espírito aventureiro os dominava ao entardecer, fazendo com que ousassem feitos com os quais não conseguiriam nem sonhar durante o dia. Foi por isso que me vi seguido pelo Homem-Leopardo na noite da minha chegada. Mas durante os meus primeiros dias na ilha eles desrespeitaram a Lei apenas de maneira furtiva, e depois de escurecer; à luz do dia prevalecia uma atmosfera de respeito às inúmeras proibições.

E esta talvez seja uma boa ocasião para esclarecer alguns fatos sobre a ilha e sobre o Povo-Bicho. A ilha, que tinha contornos irregulares e uma altitude pouco elevada em relação ao nível do mar, contava com uma área total de mais ou menos vinte quilômetros quadrados. Era de origem vulcânica e cercada de três lados por arrecifes de coral. Na porção norte havia fumarolas e uma fonte de água quente, os únicos vestígios das forças que a originaram muito tempo atrás. De tempos em tempos, leves tremores de terra ainda eram sentidos, e às vezes à fumaça que subia do chão se juntavam jatos de vapor. Fora isso, mais nada. A população da ilha, segundo me informou Montgomery, somava mais de sessenta dessas estranhas criações de Moreau, sem contar as monstruosidades menores que viviam na vegetação rasteira e não tinham forma humana. Ao todo, ele fizera quase 120, mas muitas haviam morrido; e outras, como a Criatura Aleijada da qual ele me falou, tiveram mortes violentas. Em resposta a uma pergunta minha, Montgomery contou que elas eram capazes de procriar, mas suas crias em geral não sobreviviam. Não havia evidência de transmissão hereditária das características humanas adquiridas. Quando vingavam, Moreau as levava e as moldava na forma humana. As fêmeas eram menos numerosas que os machos, e sujeitas a muitas perseguições furtivas, apesar da monogamia contemplada na Lei.

Seria impossível para mim descrever em detalhes o Povo-Bicho – meu olhar não foi treinado para isso – e infelizmente não sei desenhar. O mais marcante em sua aparência era a desproporção entre as pernas e o tronco; mas mesmo assim – de tão relativa que é nossa ideia de elegância – meus olhos se acostumaram com suas formas, e com o tempo inclusive concordei com a impressão deles de que as minhas pernas compridas eram desproporcionais. Outra questão era a cabeça projetada para a frente, e a estranha e inumana curvatura da coluna. Mesmo no Homem-Símio faltava aquela curva sinuosa nas costas que torna a figura humana tão graciosa. A maioria tinha os ombros caídos, e os antebraços curtos ficavam soltos nas laterais do corpo. Poucos deles eram ostensivamente peludos – pelo menos no período em que fiquei na ilha.

Outra deformidade óbvia estava em seus rostos, quase todos eram prognatas, malformados perto das orelhas, com narizes grandes e protuberantes, cabelos muito espessos ou muito crespos e com frequência olhos de cores estranhas, ou com um posicionamento incomum. Nenhum era capaz de sorrir, embora o Homem-Símio conseguisse arreganhar os dentes em uma espécie de esgar. Fora esses traços mais gerais, suas cabeças tinham pouco em comum; cada uma preservava as qualidades de sua espécie: a marca humana distorcia mas não escondia o leopardo, o boi, a porca ou qualquer animal a partir do qual a criatura fora moldada. As vozes também variavam absurdamente. As mãos eram sempre malformadas e, embora algumas tenham me surpreendido com uma humanidade inesperada, quase todas eram deficientes em relação ao número de dedos, tinham unhas anormais e nenhuma sensibilidade tátil.

Os dois mais formidáveis eram o Homem-Leopardo e uma criatura feita com uma hiena e um suíno. Maior que esses eram os três touros que carregaram o barco. Em seguida vinham o Homem-de-Pelos--Prateados, que era também o Ditador da Lei, M'ling e outro que parecia um sátiro, mistura de um símio com uma cabra. Havia três Homens-Suínos e uma Mulher-Suína, um Cavalo-Rinoceronte e várias outras fêmeas cuja origem não era possível identificar. Havia diversos Lobos, um Urso-Touro e um Homem-São--Bernardo. Já descrevi o Homem-Símio, e havia também uma particularmente horrenda (e malcheirosa) mulher idosa que era uma mistura de raposa e ursa, que eu detestei desde o início. Diziam que era uma devota fervorosa da Lei. As criaturas menores eram uns pequenos de pelo malhado e a pequena preguiça a que me referi.

No começo eu tinha um pavor paralisante desses brutos, sentia que claramente ainda eram animais, mas aos poucos fui me acostumando com sua existência e, mais ainda, comecei a apreciar a postura de Montgomery em relação a eles. Montgomery convivia com eles fazia tanto tempo que os considerava praticamente seres humanos normais – seus tempos de Londres lhe pareciam pertencer a um passado glorioso e inalcançável. Apenas uma vez por ano, mais ou menos, ia a Arica tratar com um contato comercial de Moreau, que era mercador de animais por lá. Raramente encontrava alguma pessoa decente naquele vilarejo portuário de mestiços espanhóis. Os homens a bordo do navio, ele me contou, a princípio lhe pareceram tão estranhos quanto os Homens-Bichos para mim – com pernas estranhamente longas, rostos achatados, testas proeminentes, desconfiados, perigosos e frios. Na verdade, ele não gostava de homens. Seu coração só se amoleceu no meu caso, ele achava, porque tinha salvado a minha vida.

Imaginei que ele tivesse algum afeto sorrateiro por algumas daquelas feras metamorfoseadas, uma compaixão sinistra por alguns de seus comportamentos, mas tentou esconder isso de mim a princípio.

M'ling, o homem de rosto negro que era seu ajudante, o primeiro do Povo-Bicho que encontrei, não vivia com os demais do outro lado da ilha, e sim em um pequeno canil atrás do cercado. A criatura era quase tão inteligente quanto o Homem-Símio, porém muito mais dócil e com um aspecto muito mais humano que o restante do Povo-Bicho. Montgomery lhe ensinara a preparar comida e a executar todas as tarefas domésticas necessárias. Ele era um bom exemplo da terrível habilidade de Moreau, uma mistura de urso com cão e boi, e uma das mais elaboradas de todas as criaturas, que tratava Montgomery com uma estranha ternura e devoção. Às vezes Montgomery lhe dispensava alguma atenção, dava um tapinha em suas costas e o chamava de apelidos brincalhões, o que proporcionava à criatura um deleite extraordinário. Mas às vezes o tratava mal, principalmente depois de beber uísque, o chutava, o surrava e lhe atirava pedras ou fósforos acesos. Mas, sendo bem ou mal tratada, a criatura adorava ficar perto dele.

Posso dizer que me habituei ao Povo-Bicho, que mil coisas que me pareciam antinaturais ou repulsivas logo se tornaram normais ou corriqueiras para mim. Acho que tudo na vida acaba se adaptando à coloração do ambiente: Montgomery e Moreau eram indivíduos peculiares e únicos demais para manter minhas impressões gerais da humanidade bem calibradas. Eu via uma das criaturas bovinas que trabalhavam na lancha com seu passo arrastado sobre a vegetação rasteira e me surpreendia tentando lembrar em que diferia de um ser humano de verdade voltando para casa depois de um dia de trabalho braçal; ou encontrava a Mulher-Raposa-Ursa com seu rosto vulpino, estranhamente humano em seu caráter ardiloso e curioso, e chegava a pensar que poderia ter cruzado com ela em alguma cidade.

Mas de vez em quando seu lado animal saltava aos meus olhos sem sombra de dúvida ou contestação. Um homem feio, uma criatura corcunda com aparência absolutamente selvagem, agachada na abertura de uma das cabanas, estendia os braços e bocejava, mostrando de forma repentina dentes incisivos afiados como tesouras e caninos penetrantes como sabres e reluzentes como facas. Ou em alguma passagem estreita, vendo de relance os olhos de alguma figura feminina esguia e coberta de trapos, notando com um espasmo de aversão suas pupilas estreitadas, ou baixando os olhos e notando as garras curvadas que mantinha junto ao corpo. Era também uma coisa curiosa, que na verdade não sei bem explicar, que aquelas estranhas criaturas – estou me referindo às fêmeas – demonstrassem nos meus primeiros dias na ilha uma consciência instintiva de sua aparência repulsiva, e por consequência exibissem um comportamento mais humano do que de costume em termos de decência e decoro.

16

COMO O POVO-BICHO DESCOBRIU O GOSTO DE SANGUE

No entanto, a minha inexperiência como escritor está me traindo, e estou perdendo o fio da meada da minha história. Depois que tomei café da manhã com Montgomery, ele me levou ao outro lado da ilha para ver a fumarola e a fonte de água quente, em cujas águas escaldantes eu enfiara o pé no dia anterior. Ambos levávamos chicotes e revólveres carregados. Enquanto atravessávamos um trecho de selva captamos o som do guincho de um coelho. Detivemos o passo e ficamos à escuta, porém não ouvimos mais nada; logo seguimos nosso caminho e nos esquecemos do incidente. Montgomery chamou minha atenção para certos animaizinhos que saltitavam pela vegetação rasteira. Ele me contou que eram criaturas feitas a partir das crias do Povo-Bicho, que Moreau inventara imaginando que pudessem ser usadas como fonte de carne, mas um hábito parecido com os dos coelhos de devorar os filhotes inviabilizou seu plano. Eu já tinha visto algumas daquelas criaturas, uma vez durante minha fuga noturna do Homem-Leopardo e outra quando fui perseguido por Moreau, no dia anterior. Por puro acaso, uma delas, para fugir de nós, pulou no buraco aberto por uma árvore arrancada pelo vento. Antes que pudesse sair, nós conseguimos pegá-la. A criatura sibilava como um gato, arranhava, esperneava vigorosamente com as patas traseiras e fez uma tentativa de morder, mas seus dentes eram frágeis e provocavam no máximo uma pontada indolor. Aos meus olhos pareceu uma criaturinha graciosa e, como Montgomery afirmou que elas não destruíam os gramados cavando túneis e tinham hábitos higiênicos, imaginei que poderiam ser boas substitutas para os coelhos comuns nos parques ingleses.

Vimos também em nosso caminho o tronco de uma árvore marcado com arranhões profundos e compridos. Montgomery chamou minha atenção para esse fato.

– Não arranhar a Casca das Árvores; *essa* é a Lei – ele disse. – Pelo jeito, alguns não estão preocupados com isso!

Foi depois disso, acho, que encontramos o Sátiro e o Homem-Símio. O Sátiro era uma releitura das histórias clássicas por Moreau, com sua expressão ovina, como os hebraicos mais típicos, sua voz balida e áspera e suas extremidades inferiores satânicas. Estava mordendo uma fruta com múltiplas sementes quando passou por nós. Ambos cumprimentaram Montgomery.

– Saudações – eles disseram – ao Outro com o chicote!

– Existe um terceiro com chicote agora – disse Montgomery. – Então é melhor ficarem atentos!

– Ele não foi feito? – questionou o Homem-Símio. – Ele disse... ele disse que foi feito.

O Sátiro me encarou com curiosidade.

– O Terceiro com o chicote, o que anda para dentro do mar, tem um rosto fino e branco.

– Ele também tem um chicote fino e comprido – rebateu Montgomery.

– Ontem ele sangrou e chorou – disse o Sátiro. – Você nunca sangra nem chora. O Mestre não sangra nem chora.

– Seu ollendorffiano miserável! – retrucou Montgomery. – Você é que vai sangrar e chorar se não tomar cuidado.

– Ele tem cinco dedos; ele é homem-de-cinco como eu – falou o Homem-Símio.

– Vamos, Prendick – chamou Montgomery, me pegando pelo braço, e eu me afastei junto com ele.

O Sátiro e o Homem-Símio continuaram nos observando, fazendo comentários um para o outro.

– Ele não fala nada – disse o Sátiro. – Homens têm vozes.

– Ontem ele me perguntou de coisas de comer – contou o Homem-Símio. – Ele não sabia. – Em seguida, começaram a trocar palavras inaudíveis, e ouvi o Sátiro dar risada.

Estávamos no caminho de volta quando vimos o coelho morto. O corpo vermelho do animalzinho abatido estava destroçado, com muitas das costelas fraturadas e a espinha inquestionavelmente partida a dentadas.

Montgomery parou ao ver isso.

– Deus do céu! – ele exclamou, agachando-se e pegando algumas vértebras quebradas para examinar mais de perto. – Deus do céu! – ele repetiu. – O que significa isso?

— Algum carnívoro de vocês resolveu relembrar os velhos hábitos – falei depois de uma pausa. – Essa coluna vertebral foi arrebentada a dentadas.

Ele continuou só observando, com o rosto pálido e os lábios franzidos.

— Não estou gostando disso – ele comentou em voz baixa.

— Eu vi uma coisa parecida no meu primeiro dia aqui – contei.

— Não me diga! O que era?

— Um coelho com a cabeça arrancada.

— No dia em que você chegou?

— No dia em que cheguei. No mato baixo atrás do cercado, naquela tarde em que saí. A cabeça estava totalmente separada do corpo.

Ele soltou um assobio baixinho.

— E tem mais, acho que sei qual dos seus brutos fez isso. É só uma suspeita, sabe. Antes de encontrar o coelho, vi um dos seus monstros bebendo no riacho.

— Sugando ao beber?

— Sim.

— Não sugar ao Beber; *essa* é a Lei. Então vários brutos ignoram a Lei quando Moreau não está por perto, é?

— Foi o bruto que me perseguiu.

— Claro – disse Montgomery. – É assim que funciona com os carnívoros. Depois da caçada, sentem sede. É o gosto do sangue, sabe. Como ele era? Você o reconheceria? – Ele olhou ao redor, ficando de pé ao lado dos restos mortais do coelho, vasculhando as sombras e as folhagens, os esconderijos e as armadilhas da floresta que nos cercava. – O gosto do sangue – ele repetiu.

Montgomery sacou o revólver, verificou a munição e substituiu alguns cartuchos. Ele começou a franzir o lábio.

– Acho que reconheceria o bruto, sim. Eu o acertei de jeito. Deve estar com um belo galo na testa.

– Mas nós precisaríamos *provar* que ele matou o coelho – argumento Montgomery. – Estou arrependido de ter trazido esses bichos para cá.

Eu queria seguir em frente, mas ele continuou parado, refletindo junto ao corpo do coelho mutilado. Acabei me distanciando do local onde estava o animal caçado.

– Vamos! – chamei.

Ele despertou do transe e veio andando na minha direção.

– A questão – falou quase em um sussurro – é que eles todos deveriam ter uma ideia fixa contra comer qualquer coisa que se mova pela terra. Se algum bruto por acaso tiver experimentado o sangue...

Continuamos andando em silêncio por um tempo.

– Não sei o que pode ter acontecido – ele disse para si mesmo. Então, depois de uma pausa, voltou a falar:
– Eu fiz uma tolice outro dia. Aquele meu ajudante... Eu ensinei a ele como limpar e cozinhar coelho. Que estranho... Eu o vi lambendo os dedos... Nunca tinha parado para pensar nisso. – E em seguida: – Precisamos pôr um fim nisso. Preciso falar com Moreau.

Ele não conseguia pensar em outra coisa durante todo o caminho para casa.

Moreau levou a questão ainda mais a sério que Montgomery, e nem preciso dizer que também fui contaminado por sua evidente preocupação.

– Precisamos aplicar uma punição exemplar – disse Moreau. – Não tenho a menor dúvida de que o pecador é o Homem-Leopardo. Mas como provar isso? Seria melhor que você tivesse conseguido controlar esse seu gosto por carne, Montgomery, e desistido de introduzir essas extravagâncias por aqui. Isso pode nos causar um belo de um problema.

– Eu fui um idiota – admitiu Montgomery. – Mas agora já está feito. E você disse que eu poderia trazê-los.

– Precisamos resolver isso imediatamente – disse Moreau. – Acredito que, se acontecer alguma coisa, M'ling vai saber se defender, não?

– Não estou certo com relação a M'ling – respondeu Montgomery. – Pensei que o conhecesse melhor.

No cair da tarde, Moreau, Montgomery, eu e M'ling atravessamos a ilha para ir até as cabanas na ravina. Estávamos os três armados. M'ling carregava uma machadinha usada para cortar lenha e alguns rolos de arame. Moreau levava um enorme chifre de touro sobre o ombro.

– Você vai testemunhar uma reunião do Povo-Bicho – explicou Montgomery. – É uma bela visão.

Moreau não disse uma palavra durante o trajeto, mas seu rosto emoldurado pelos cabelos brancos exalava seriedade.

Cruzamos a ravina atravessada pelo córrego de água fumegante e seguimos o caminho serpenteante em meio aos juncos até chegarmos à clareira coberta pelo pó amarelado que acredito ser enxofre. Por cima de uma encosta de vegetação rasteira, o mar exibia seu brilho. Chegamos a uma espécie de anfiteatro natural, onde nós quatro detivemos o passo. Então Moreau soprou o berrante e quebrou o silêncio da tarde tropical. O homem devia ter pulmões poderosos. O som estridente ecoou longe, com uma intensidade incômoda aos ouvidos.

– Ah! – disse Moreau, colocando o instrumento curvado de volta no ombro.

Imediatamente houve uma movimentação nos juncos amarelados, e o som de vozes se espalhou pela mata verdejante ao redor do terreno alagado para o qual eu fugira no dia anterior. Então, de três ou quatro pontos da extremidade do terreno sulfuroso, apareceram as formas grotescas do Povo-Bicho, andando com passos apressados em nossa direção. Não consegui evitar uma sensação de pavor ao ver o primeiro e depois os demais saindo das árvores e dos juncos, vindo até nós com seu andar cambaleante sobre o chão quente e poeirento. Moreau e Montgomery, porém, pareciam tranquilos, e eu me mantive firme ao lado deles. O primeiro a chegar foi o Sátiro, estranhamente irreal, apesar de projetar uma sombra visível, levantando poeira do chão com os cascos; atrás dele vinha uma monstruosidade, uma mistura de cavalo e rinoceronte, que mastigava capim enquanto caminhava; então apareceram a Mulher-Suína e duas Mulheres-Lobas; em seguida veio a bruxa Raposa--Ursa com seus olhos vermelhos e seu rosto pontudo, e depois os demais – todos apressados e ansiosos. À medida que apareciam, eles olhavam para Moreau e começavam a recitar, sem dar muita atenção uns aos outros, fragmentos da segunda parte da litania da Lei: "A mão que fere é *Dele*; a mão que cura é *Dele*", e assim por diante.

Assim que chegaram a uma distância de mais ou menos trinta metros, agachando-se sobre os joelhos e cotovelos, começaram a jogar a areia branca sobre a cabeça. Imagine a cena, se puder. Três homens vestidos de azul, com um ajudante deformado de rosto negro, de pé sobre uma grande clareira de poeira amarelada sob o sol em um dia de céu claro, cercados por um círculo de monstruosidades gesticulando agachadas, algumas quase humanas a não ser pelas expressões e pelos gestos, outras parecendo aleijões, outras tão estranhamente disformes que não se pareciam com nada a não ser habitantes de sonhos exóticos. Mais adiante, um campo de juncos de um lado e um denso aglomerado de palmeiras do outro, que nos separavam da ravina com as cabanas, e mais ao norte o horizonte difuso do Oceano Pacífico.

– Sessenta e dois, sessenta e três – contou Moreau. – Faltam quatro.

– Não estou vendo o Homem-Leopardo – falei.

Moreau tocou o berrante outra vez, e os demais membros do Povo-Bicho começaram a rastejar e rolar na poeira. Então, saindo dos juncos e agachando-se até perto do chão, tentando se juntar aos que atiravam areia sobre si mesmos às costas de Moreau, apareceu o Homem-Leopardo. Vi que sua testa estava ferida.

O último membro do Povo-Bicho a chegar foi o Homem-Símio. Os outros animais, esbaforidos e cansados pela correria, lançaram para ele olhares furiosos.

– Parem – disse Moreau com sua voz alta e firme, e o Povo-Bicho interrompeu a recitação e o ritual de idolatria.

– Onde está o Ditador da Lei? – perguntou Moreau, e o monstro cinzento e peludo baixou a cabeça até o chão.

– Digam as palavras – ordenou Moreau, e todos se ajoelharam, oscilando de um lado para o outro levantando o pó de enxofre do chão com as mãos, primeiro com a direita e depois com a esquerda, mais uma vez entoando sua estranha litania.

Quando chegaram à parte que dizia "Não comer Carne nem Peixe; essa é a Lei", Moreau ergueu a mão branca e magra:

– *Parem!* – ele gritou, e o silêncio foi imediato.

Acho que todos sabiam e temiam o que estava por vir. Olhei para seus estranhos rostos. Quando vi as caretas em suas expressões e o medo estampado em seus olhos reluzentes, fiquei surpreso por acreditar que poderiam ser homens.

– A Lei foi desrespeitada – disse Moreau.

– Ninguém escapa – falou a criatura sem rosto de pelos cinzentos.

– Ninguém escapa – repetiu o círculo de membros ajoelhados do Povo-Bicho.

– Quem foi? – gritou Moreau, olhando para o rosto deles, estalando o chicote. Tive a impressão de que o Suíno-Hiena parecia abatido, assim como o

Homem-Leopardo. Moreau encarou suas criaturas, que se encolhiam diante dele e da memória de uma tortura infinita. – Quem foi? – repetiu Moreau com uma voz trovejante.

– Maligno é aquele que desrespeita a Lei – recitou o Ditador da Lei.

Moreau olhou nos olhos do Homem-Leopardo como se quisesse arrancar a alma da criatura.

– Aquele que desrespeita a Lei... – disse Moreau, desviando os olhos de suas vítimas e voltando-os para nós. Parecia haver um toque de exultação em sua voz.

– ... volta para a Casa da Dor – gritaram todos. – Volta para a Casa da Dor, ó Mestre!

– Volta para a Casa da Dor... volta para a Casa da Dor – tagarelou o Homem-Símio, como se a ideia o agradasse.

– Está ouvindo? – disse Moreau, voltando-se outra vez para o criminoso. – Você, meu amigo... Opa!

Pois o Homem-Leopardo, quando o olhar de Moreau se desviou, levantou-se e, com os olhos em chamas e as enormes presas de felino aparecendo sob os lábios arreganhados, saltou sobre seu torturador. Estou convencido de que apenas a loucura provocada por um medo incontrolável poderia ter motivado o ataque. O círculo de seis dezenas de monstros pareceu se elevar ao nosso redor. Eu saquei o revólver. As duas figuras colidiram. Vi Moreau cambalear para trás depois de receber o golpe do Homem-Leopardo. Ouvi uma gritaria com urros furiosos em torno de nós. Todos se deslocavam com movimentos acelerados. Por um instante pensei que se tratasse de uma revolta generalizada.

O rosto furioso do Homem-Leopardo passou diante do meu, com M'ling em seu encalço. Vi os olhos amarelados do Suíno-Hiena brilharem de excitação, como se ele estivesse determinado a me atacar. O Sátiro também me encarava, por cima dos ombros curvados do Suíno-Hiena. Ouvi o disparo da pistola de Moreau e vi o clarão do tiro atravessar o tumulto. Toda a multidão pareceu se virar na direção do projétil, e eu também fui atraído pelo magnetismo do movimento. Um segundo depois estava correndo, apenas mais um em uma turba furiosa que perseguia o Homem-Leopardo.

Isso é tudo que posso afirmar com alguma certeza. Vi o Homem-Leopardo atacar Moreau, e então tudo ao meu redor começou a rodar e me vi correndo.

M'ling seguia na frente, no encalço do fugitivo. Mais atrás, com a língua de fora, iam os Homens-Lobos em passadas largas e saltadas. Os Suínos iam em seguida, guinchando de excitação, e então os Homens-Touros cobertos com tecidos brancos. Depois vinha Moreau, cercado de membros do Povo-Bicho, sem o chapéu de palha, arrancado pelo vento, com o revólver em punho e os cabelos grisalhos eriçados. O Suíno-Hiena corria ao meu lado, com os passos sincronizados com os meus, me espiando furtivamente com os olhos felinos, com os demais ofegando e gritando ao nosso redor.

O Homem-Leopardo disparou pelos juncos, que se dobravam à sua passagem e voltavam no rosto de M'ling. Os que vinham logo atrás abriam uma trilha de juncos pisoteados. A perseguição continuou por uns quinhentos metros, e então entramos em um trecho de mata fechada que retardava nossa movimentação tremendamente, embora avançássemos como um pelotão – folhas roçavam nossos rostos, cipós nos agarravam por baixo do queixo ou nos calcanhares, espinhos se enganchavam na roupa e na pele.

– Ele está fugindo sobre quatro patas – disse Moreau ofegante, logo à minha frente.

– Ninguém escapa – disse o Lobo-Urso, rindo junto ao meu rosto com a emoção da caçada.

Saímos para campo aberto outra vez em um terreno rochoso e vimos a presa logo adiante, correndo em alta velocidade sobre as quatro patas, rosnando para nós e olhando para trás. Os Lobos uivavam de deleite. A criatura ainda estava vestida e, à distância, seu rosto ainda parecia humano, mas sua maneira de se deslocar sobre as quatro patas era felina, e o modo como seus ombros estavam abaixados era a marca inconfundível de um animal caçado. Ele saltou por cima de um arbusto de flores amarelas e desapareceu. M'ling seguia firme em seu encalço.

A maioria já havia perdido velocidade na perseguição e seguia com passadas mais lentas e arrastadas. Enquanto atravessávamos a clareira, vi que a expedição de caça passara de uma coluna a uma linha. O Suíno-Hiena ainda seguia perto de mim, me observando enquanto corria, e de vez em quando contorcia o focinho em um riso rosnado.

Na extremidade do trecho pedregoso, o Homem-Leopardo, percebendo que estava se dirigindo ao promontório até onde me seguira na noite da minha chegada, tomou a direção de um trecho de vegetação rasteira. Mas Montgomery percebeu a movimentação e o fez seguir na direção desejada.

Arfando e tropeçando nas rochas, ferido pelos espinhos, atrapalhado pelos juncos e as samambaias, ajudei a perseguir o Homem-Leopardo que desrespeitou a Lei, com o Suíno-Hiena correndo ao meu lado e rindo selvagemente. Eu segui em frente, com a cabeça girando a mil e o coração disparado dentro do peito, quase morto de cansaço, mas sem ousar abandonar a perseguição, caso contrário ficaria sozinho com aquele horrendo acompanhante. Segui em frente aos trancos e barrancos, apesar da fadiga intensa e do calor da tarde tropical.

E por fim a fúria da caçada foi arrefecendo. Nós tínhamos encurralado o bruto em um canto da ilha. Com o chicote na mão, Moreau nos conduzia em uma fila irregular, e avançávamos lentamente, gritando uns para os outros, apertando o cerco à vítima. O Homem-Leopardo espreitava, silencioso e invisível, pelos arbustos que atravessei fugindo dele naquela primeira perseguição noturna.

— Atenção! — gritou Moreau. — Atenção! — repetiu quando o final da fila se posicionava na vegetação rasteira, cercando o bruto por completo.

— Fiquem atentos a uma fuga repentina! — avisou a voz de Moreau do outro lado do matagal.

Eu estava na encosta sobre os arbustos. Montgomery e Moreau avançavam na direção da praia mais abaixo. Pouco a pouco, avançamos por um emaranhado de galhos e folhas. A presa estava em silêncio.

– Volta para a Casa da Dor, a Casa da Dor, a Casa da Dor! – gritou a voz do Homem-Símio, uns vinte metros à direita.

Quando ouvi isso, perdoei o pobre-coitado por todo o medo que me provocara.

Escutei gravetos se partindo e os arbustos se abrindo ao meu lado enquanto o Cavalo-Rinoceronte se posicionava à minha direita. Então, de forma repentina, por um polígono verde na semipenumbra das sombras das árvores, avistei a criatura que caçávamos. Detive o passo. Ele estava agachado o máximo que podia, e seus olhos verdes e luminosos se voltaram para trás para me encarar.

Parecia haver uma estranha contradição dentro de mim – eu não sabia explicar por que, mas ao ver a criatura em seu estado animal, com a luz se refletindo nos olhos e o rosto imperfeito distorcido de terror, consegui notar outra vez seu aspecto humano. Em questão de instantes os demais perseguidores o veriam e ele seria dominado e capturado para sofrer mais uma vez as terríveis torturas do cercado. De forma abrupta saquei meu revólver, mirei entre seus olhos arregalados de terror e atirei.

Quando fiz isso, o Suíno-Hiena viu a criatura e se arremessou sobre ela com um grito carregado de avidez, cravando os dentes sedentos em seu pescoço. As folhagens verdes da vegetação ao meu redor balançaram e estalaram com a aproximação do restante do Povo-Bicho. Os rostos foram aparecendo um depois do outro.

– Não o mate, Prendick! – gritou Moreau. – Não o mate! – Eu vi quando ele se agachou e afastou as folhas mais baixas das grandes samambaias.

No instante seguinte, ele golpeou o Suíno-Hiena com o cabo do chicote e, com a ajuda de Montgomery, afastou os excitadíssimos carnívoros do Povo-Bicho, em especial M'ling, do cadáver ainda quente. O Homem-de-Pelos-Prateados se aproximou e farejou o corpo do Homem-Leopardo, por debaixo do meu braço. Os outros bichos, em seu ardor animalesco, me empurraram do caminho para ver mais de perto.

– Maldição, Prendick! – disse Moreau. – Eu o queria vivo.

– Desculpe – falei com falsidade. – Foi um impulso de momento. – Eu estava passando mal pelo excesso de esforço e exaltação. Me virei e abri caminho por entre o Povo-Bicho, subindo sozinho para a encosta na parte mais alta do promontório. Ouvi quando, seguindo as instruções gritadas por Moreau, os três Homens-Touros cobertos de panos brancos arrastaram a vítima para a água.

Não foi difícil arrumar um canto para ficar sozinho. O Povo-Bicho manifestou uma curiosidade bastante humana pelo cadáver, que seguiram em um grupo coeso, farejando e rosnando, enquanto os Homens-Touros o arrastavam pela praia. Posicionado no promontório, vi os Homens-Touros, com suas silhuetas pretas contra o céu do fim de tarde, carregando o corpo para o mar e, como uma onda atingindo a minha mente, me veio a conclusão de que naquela ilha nada fazia sentido. Na praia, entre as rochas abaixo de mim, estavam o Homem-Símio, o Suíno-Hiena e vários outros membros do Povo-Símio, próximos de Montgomery e Moreau. Ainda estavam todos excitadíssimos, em uma cacofonia sonora de ruidosas expressões de obediência à Lei. No entanto, eu tinha certeza absoluta de que o Suíno-Hiena estava envolvido na morte do coelho. Dentro de mim se formou uma estranha impressão de que, a não ser pelas formas grosseiras e os contornos grotescos, eu estava diante de vidas humanas em miniatura na proporção exata, com a exata medida de instinto, razão e destino em sua forma mais pura. O Homem-Leopardo sucumbira a tudo isso. Essa era a única diferença.

Pobres brutos! Comecei a enxergar o aspecto mais vil da crueldade de Moreau. Eu não tinha parado de pensar no sofrimento e na perturbação a que as infelizes vítimas eram submetidas depois de passar pelas mãos de Moreau. Estremecia ao imaginar apenas os dias de tortura física no cercado. Mas isso não parecia a pior parte. Antes eram todos animais, com instintos perfeitamente adaptados ao ambiente, felizes como qualquer criatura deveria ser. Agora andavam cambaleando como esboços de humanidade, viviam com um medo sem fim, acossados por uma lei que não entendiam; seu simulacro de vida humana começava na agonia e se estendia em uma longa provação interior, um medo incessante de Moreau – e para quê? Era a gratuidade da coisa como um todo que me inquietava.

Caso Moreau tivesse algum objetivo inteligível eu poderia ter simpatizado com ele o mínimo que fosse.

Não sou tão intolerante em relação à dor. Eu poderia tê-lo perdoado caso fosse motivado pelo ódio. Mas ele era absolutamente irresponsável e egoísta. Sua curiosidade e suas pesquisas malucas e sem propósito eram sua motivação, e as coisas que produzia eram soltas no mundo para viver um ano ou dois, para se frustrar e sofrer, e no fim ter uma morte dolorosa. Levavam uma vida miserável, os velhos ódios animais os lançavam uns contra os outros, mas a Lei impedia que se envolvessem em uma disputa rápida e decisiva para resolver suas animosidades naturais.

Por esses dias meu medo do Povo-Bicho se equiparou ao medo que eu sentia de Moreau. Mergulhei em um estado de humor mórbido, profundo e duradouro, alheio até ao medo, que deixou marcas definitivas na minha mente. Sou obrigado a confessar que perdi a fé na sanidade do mundo quando vi o tormento doloroso que se abatia sobre a ilha. Um destino cego, um mecanismo implacável e de longo alcance, parecia retalhar e moldar o tecido da existência, e eu, Moreau em sua paixão pela pesquisa, Montgomery em sua paixão pela bebida, o Povo-Bicho por seus instintos e suas restrições mentais, estávamos todos sendo rasgados, esmagados de forma cruel e inevitável pela infinita complexidade daquelas engrenagens sempre em movimento. Mas essa condição não se abateu sobre mim assim de uma vez... Acho que estou me antecipando um pouco ao falar sobre isso agora.

17

UMA CATÁSTROFE

Em questão de seis semanas só me restavam repulsa e aversão pelos infames experimentos de Moreau. O único pensamento que me passava pela cabeça era me afastar daquelas horríveis caricaturas da imagem do meu Criador e voltar ao agradável e gratificante convívio com a humanidade. Meus verdadeiros semelhantes, de quem eu me encontrava separado, começaram a assumir um caráter idílico de virtude e beleza na minha cabeça. Minha amizade inicial com Montgomery não evoluiu. Seu longo afastamento da humanidade, seu vício secreto da bebedeira, sua evidente compaixão para com o Povo-Bicho, tudo isso o marcou negativamente para mim. Várias vezes eu os deixava sozinhos. Evitava conviver com eles de todas as formas possíveis. Passava cada vez mais tempo na praia, procurando por uma embarcação libertadora que nunca apareceu, até que um dia se abateu sobre nós um desastre aterrador, que transformou o aspecto do estranho ambiente em que me encontrava.

Foi mais ou menos sete ou oito semanas depois do meu desembarque – talvez mais, eu acho, pois não me dei tanto ao trabalho de contar o tempo – que a catástrofe ocorreu. Era início da manhã, creio que perto das seis. Eu me levantara e tomara o café cedo, despertado pelo ruído de três homens do Povo-Bicho carregando madeira para o cercado.

Depois do café da manhã, passei diante do portão aberto do cercado e fiquei parado por lá, fumando um cigarro e tomando o ar puro daquela hora do dia. Moreau apareceu e me cumprimentou. Passou por mim e ouvi quando abriu a porta e entrou em seu laboratório. Eu estava tão acostumado a essa altura com as abominações do lugar que ouvi sem a menor emoção o início de mais um dia de tortura da onça-parda. O animal recebeu seu algoz com um grito parecidíssimo com o de uma virago furiosa.

Então algo aconteceu. Até hoje não sei exatamente o quê. Ouvi um grito agudo e um baque atrás de mim, e ao me virar vi um rosto horrendo avançando na minha direção. Não era humano nem animal, e sim uma coisa diabólica e parda, atravessada por cicatrizes vermelhas recentes, expelindo gotas de sangue e com os olhos sem pálpebras faiscando. Ergui o braço para me defender do golpe que me lançou de cabeça no chão com o antebraço fraturado, e o grande monstro, com o corpo coberto de panos e bandagens ensanguentadas revoando ao redor dele, saltou por cima de mim e foi em frente. Rolei até chegar à praia, mas ao tentar me sentar despenquei por causa do braço quebrado. Então Moreau apareceu, com o rosto branco com um aspecto ainda mais terrível por causa do sangue que escorria da testa. Ele carregava um revólver em uma das mãos. Mal olhou para mim e partiu de imediato em perseguição à onça-parda.

Tentei me apoiar no outro braço e me sentei. A figura indistinta à frente corria com passadas largas pela praia, e Moreau ia atrás. Ela virou a cabeça para vê-lo e, depois de uma súbita hesitação, tomou o rumo dos arbustos. A criatura ia ganhando distância a cada passo. Vi quando ela saltou no mato e Moreau, correndo em diagonal para interceptá-la, disparou o revólver, errou o tiro e a perdeu de vista. Então foi a vez de ele desaparecer em meio à confusão verdejante.

Fiquei olhando para o local onde desapareceram, senti a dor no meu braço se inflamar e levantei com um grunhido. Montgomery apareceu na porta, já vestido, com o revólver em punho.

– Deus do céu, Prendick! – ele exclamou, sem perceber que eu estava ferido. – Aquele bruto está à solta! Arrancou as correntes da parede. Você viu? – E então, elevando o tom de voz, perguntou quando me viu segurando o braço. – O que foi?

– Eu estava parado no portão – falei.

Ele deu um passo à frente e pegou meu braço.

– Tem sangue na camisa – comentou, arregaçando a manga. Em seguida enfiou a arma no bolso, apalpou dolorosamente o meu braço e me levou para dentro. – Seu braço está quebrado – ele informou. E então: – Me diga exatamente como aconteceu... e o que aconteceu.

Contei a ele o que tinha visto, em frases entrecortadas por suspiros de dor, e enquanto isso, com muita habilidade e rapidez, ele imobilizou o meu braço. Depois de colocá-lo em uma tipoia, deu um passo atrás e me encarou.

– Você vai se recuperar – ele disse. – E agora? – Montgomery ficou pensativo. Então saiu e trancou o portão do cercado, ausentando-se por um momento.

Eu estava preocupado acima de tudo com o meu braço. O incidente parecia apenas mais um de uma série de acontecimentos lamentáveis. Sentei na cadeira e, sou obrigado a admitir, praguejei violentamente contra a ilha. A sensação inicial de dormência no braço já estava dando lugar a uma dor latejante quando Montgomery reapareceu.

Seu rosto estava pálido, e seu lábio inferior mais curvado do que nunca.

– Não estou conseguindo vê-lo nem ouvi-lo – ele falou. – Acho que ele pode estar precisando da minha ajuda. – Montgomery me encarou com seus olhos sem expressão. – Aquele era um bruto dos mais fortes. Simplesmente arrancou as correntes da parede.

Ele foi até a janela, e então até a porta, antes de se virar para mim.

– Vou atrás dele – anunciou. – Tem um outro revólver que posso deixar para você. Talvez seja necessário usá-lo.

Ele buscou a arma e a depositou à mão para mim na mesa antes de sair, deixando um rastro de inquietação no ar. Não fiquei muito tempo sentado depois que ele saiu. Peguei o revólver e fui até a porta.

A manhã ainda estava imóvel como a morte. Não havia nem sinal de vento, o mar estava liso como vidro, o céu vazio, a praia desolada. Essa imobilidade das coisas me oprimia.

Tentei assobiar, mas a melodia se perdeu. Praguejei de novo, pela segunda vez naquela manhã. Em seguida contornei o cercado e olhei para os arbustos verdejantes em que Moreau e Montgomery desapareceram. Quando eles voltariam? E como?

Então à distância na praia um Homem-Bicho pequeno e cinzento apareceu, correu até a beira d'água e começou a se banhar. Voltei para a porta, depois para trás do cercado e assim continuei, andando de um lado para o outro como uma sentinela em serviço. Foi quando ouvi a voz de Montgomery gritando à distância:

– E-ei... Moreau! – Meu braço estava doendo menos, mas eu o sentia extremamente quente. Eu estava febril e com sede. Minha sombra diminuiu de tamanho. Observei a figura distante ir embora. Moreau e Montgomery não voltariam? As aves marinhas começaram a disputar algum tesouro perdido.

Em um ponto muito distante atrás do cercado, ouvi um tiro de pistola. Depois de um longo silêncio, mais um disparo. Então um grito bem alto mais próximo, e outro intervalo de silêncio desolador. Minha infeliz imaginação começou a me atormentar. Foi quando um tiro ressoou ali perto.

Contornei o cercado e, com um sobressalto, vi Montgomery com o rosto vermelho, os cabelos desalinhados e o joelho da calça rasgado. Seu rosto expressava uma preocupação absoluta. Atrás dele estava o deformado Homem-Bicho M'ling, com manchas marrons em torno da boca que não me pareciam um bom sinal.

– Ele voltou? – Montgomery perguntou.

– Moreau? Não – respondi.

– Meu Deus! – O homem arfava alto, quase sem conseguir respirar. – Volte para dentro – ele falou, me pegando pelo braço. – Eles estão loucos. Estão à solta por aí, enlouquecidos. O que pode ter acontecido? Eu não sei. Vamos conversar melhor quando eu recuperar o fôlego. Onde está o conhaque?

Ele manquitolou pelo quarto diante de mim e sentou na cadeira. M'ling despencou diante da porta e começou a arfar como um cão. Servi conhaque e água para Montgomery. Ele ficou olhando para o nada, recobrando o fôlego. Depois de alguns minutos começou a me contar o que acontecera.

O rastro dos dois era visível até certo ponto, pelos arbustos quebrados e pisoteados, as bandagens soltas que caíram da onça-parda e as eventuais manchas de sangue nas folhas e na vegetação rasteira. No entanto, ele perdeu a trilha no terreno pedregoso além do riacho onde eu vira o Homem-Bicho bebendo e seguiu às cegas rumo a oeste, gritando o nome de Moreau. M'ling aparecera nesse momento, com a machadinha na mão. Não vira nada do que acontecera com a onça-parda, estava cortando lenha e ouviu o chamado. Eles seguiram gritando juntos. Dois Homens-Bichos apareceram espreitando pelos arbustos, com gestos e uma postura que deixaram Montgomery alarmado por sua estranheza. Ele deu um berro em sua direção, e os dois fugiram. Montgomery parou de gritar depois disso e, após vagar sem destino por um tempo, resolveu visitar as cabanas.

Encontrou a ravina deserta.

Mais alarmado a cada minuto, ele começou a refazer seus passos. Foi quando encontrou os dois Homens-Suínos que vi dançando na noite da minha chegada; tinham manchas de sangue em torno da boca e estavam tremendamente excitados. Apareceram remexendo os juncos de forma ruidosa e pararam com expressões ferozes quando o viram. Montgomery estalou o chicote nervosamente, e nesse momento eles avançaram em sua direção. Nunca antes um Homem-Bicho ousara fazer isso. Em um ele deu um tiro na cabeça, e M'ling se encarregou do outro bruto cravando os dentes em sua garganta. Montgomery atirou nesse também, enquanto ele tentava se desvencilhar de M'ling. Foi difícil convencer M'ling a seguir em frente com ele.

Depois disso, os dois vieram correndo de volta. No meio do caminho, M'ling correu de repente para o meio do mato e afugentou um pequeno Homem-Jaguatirica, também manchado de sangue e mancando por causa de uma ferida no pé. O bruto correu um pouco e então se virou de repente com um gesto de animal acuado, o que fez Montgomery – de forma um tanto gratuita, na minha opinião – matá-lo com um tiro.

– O que tudo isso significa? – perguntei.

Ele sacudiu a cabeça e dirigiu-se outra vez para a garrafa de conhaque.

18

ENCONTRANDO MOREAU

Quando vi Montgomery virar uma terceira dose de conhaque, resolvi interferir. Ele já estava mais do que um pouco alto. Falei que alguma coisa séria devia ter acontecido com Moreau dessa vez, caso contrário já teria voltado, e que cabia a nós investigar que catástrofe fora essa. Montgomery fez algumas objeções pouco convictas e no fim concordou. Depois de comermos, nós três saímos.

Talvez em virtude do meu estado de tensão nesse momento, mesmo agora sinto o sobressalto da vívida lembrança da imobilidade escaldante daquela tarde tropical. M'ling foi à frente, com os ombros curvados e a estranha cabeça escura se movendo com gestos acelerados, enquanto virava de um lado para o outro para olhar. Ele ia desarmado. A machadinha fora derrubada no encontro com os Homens-Suínos. Seus dentes eram suas armas caso fosse necessário lutar. Montgomery o seguia com passos cambaleantes, com as mãos nos bolsos e o rosto voltado para baixo; estava um tanto aborrecido comigo por causa do conhaque. Meu braço esquerdo estava na tipoia – e por sorte era o lado esquerdo –, enquanto carregava o revólver no direito.

Pegamos um caminho estreito pela vegetação luxuriante da ilha, tomando o rumo nordeste. M'ling parou e ficou imóvel, espiando. Montgomery quase esbarrou nele, mas então também parou. Escutando atentamente, notamos os sons de vozes e passos se aproximando de nós por entre as vozes.

– Ele está morto – disse uma voz profunda e vibrante.

– Ele não está morto, ele não está morto – matraqueou outra.

– Nós vimos, nós vimos – disseram várias vozes.

– Olá! – Montgomery gritou de repente. – Olá, vocês aí!

– Maldição! – falei, segurando a minha pistola.

Houve um instante de silêncio e então ruídos na vegetação, primeiro em um ponto, depois em outro, e então meia dúzia de rostos apareceram, rostos estranhos, iluminados por uma luz estranha. M'ling soltou um rosnado gutural. Reconheci o Homem-Símio – na verdade, já identificara sua voz – e duas das criaturas envoltas em panos brancos que vira no barco de Montgomery. Com eles havia outros dois brutos malhados e a criatura retorcida, cinzenta e horrorosa que ditava a Lei, com os pelos cinzentos caindo pelas laterais do rosto, sobrancelhas cinzentas carregadas e cachos cinzentos partidos ao meio sobre a testa, uma criatura sem rosto com estranhos olhos vermelhos que nos espreitavam com curiosidade do meio do mato.

Por um instante ninguém disse nada. Então Montgomery estremeceu:

– Quem... falou que ele estava morto?

O Homem-Símio lançou um olhar cheio de culpa para a criatura cinzenta.

– Ele está morto – disse o monstro. – Eles viram.

Não havia nada ameaçador em seu tom de voz. Eles pareciam surpresos e confusos.

– Onde ele está? – questionou Montgomery.

– Lá na frente – apontou a criatura cinzenta.

– Existe a Lei agora? – perguntou o Homem-Símio. – Ainda existe faça isso e aquilo? Ele está mesmo morto?

– Existe a Lei? – repetiu o homem dos panos brancos.

– Existe a Lei, Outro com o chicote? Ele está morto – falou o Homem-de-Pelos-Prateados. Ficaram todos nos olhando.

– Prendick – disse Montgomery, virando seus olhos sem expressão para mim. – Ele está morto... obviamente.

Eu vinha me mantendo à distância durante todo esse colóquio. Comecei a perceber como as coisas funcionariam com eles. Em um movimento repentino, tomei a frente e elevei o tom de voz:

– Filhos da Lei – eu disse –, ele *não* está morto.

M'lingo voltou seus olhos afiados para mim.

– Ele só mudou de forma... alterou seu corpo – continuei. – Por um tempo, vocês não vão vê-lo. Ele está... lá – apontei para cima –, de onde ainda pode vigiá-los. Vocês não conseguem vê-lo. Mas ele consegue ver vocês. Continuem a temer a Lei.

Eu encarei um a um. Eles se encolheram.

– Ele é grande, Ele é bom – disse o Homem-Símio, espiando temerosamente por entre as árvores.

– E a outra Coisa? – perguntei.

– A Coisa que sangrou e correu gritando e chorando... está morta também – disse a criatura prateada, ainda me olhando.

– Muito bem – grunhiu Montgomery.

– O Outro com o chicote – começou a criatura cinzenta.

– O quê? – perguntei.

– Disse que ele estava morto.

Montgomery ainda estava sóbrio o suficiente para entender por que eu tinha negado a morte de Moreau.

– Ele não está morto – Montgomery falou, arrastando as palavras. – De jeito nenhum. Está vivo como eu.

– Alguns desrespeitaram a Lei – eu disse. – Eles vão morrer. Alguns morreram. Mostrem para nós onde está o antigo corpo dele. O corpo que ele descartou por não precisar mais.

– Está por aqui, Homem que entrou no Mar – disse a criatura cinzenta.

E, com essas seis criaturas como guias, atravessamos o aglomerado de juncos, trepadeiras e troncos de árvores na direção noroeste. Então ouvimos um grito e um baque entre os galhos, e um homúnculo rosado veio correndo até nós aos berros. Imediatamente atrás apareceu uma fera em sua perseguição, manchada de sangue, e nos alcançou antes que pudéssemos interromper sua trajetória. A criatura cinzenta deu um salto para o lado; M'ling rosnou e avançou sobre o bicho, mas foi jogado para o lado; Montgomery atirou mas errou, baixou a cabeça, jogou o braço para cima e se virou para correr. Eu atirei, mas a coisa continuou avançando; atirei de novo à queima-roupa em seu rosto feioso. Vi suas feições desaparecerem em uma fração de segundo. Seu rosto afundou para dentro. Mesmo assim a fera conseguiu passar por mim, agarrou Montgomery e caiu abraçada com ele, mas já em seus últimos momentos.

Eu me vi sozinho com M'ling, o bruto morto e o homem prostrado. Montgomery sentou-se devagar e observou com um olhar ainda confuso o Homem-Bicho abatido ao seu lado. A comoção o deixou mais sóbrio. Ele ficou de pé com gestos cambaleantes. Então eu vi a criatura cinzenta reaparecer cautelosamente do meio das árvores.

– Veja – falei, apontando para o bruto morto. – A Lei não está viva? Isso aconteceu por um desrespeito à Lei.

Ele espiou o corpo.

– Ele lança Fogo que mata – a criatura falou com sua voz grossa, repetindo parte do ritual.

Os outros se reuniram ao redor e ficaram só olhando por um momento.

Enfim nos aproximamos da extremidade oeste da ilha. Encontramos o corpo ferido e mutilado da onça-parda, com o ombro destruído por uma bala, e então, talvez uns vinte metros adiante, descobrimos o que procurávamos. Uma das mãos estava quase amputada na altura do pulso, e os cabelos grisalhos estavam empapados de sangue. Sua cabeça tinha sido golpeada repetidas vezes pelas correntes partidas da onça-parda. Os juncos derrubados ao redor estavam manchados de sangue. O revólver não estava por perto, e Montgomery virou o corpo.

Parando para descansar de tempos em tempos, e com a ajuda de sete membros do Povo-Bicho – pois se tratava de um homem pesado –, nós o carregamos até o cercado. A noite estava caindo. Duas vezes ouvimos criaturas desconhecidas uivando e gritando com a passagem do nosso pequeno grupo, e em uma ocasião a pequena preguiça apareceu, olhou para nós e desapareceu de novo. Porém, não fomos mais atacados. No portão do cercado, nossos acompanhantes do Povo-Bicho nos deixaram – e M'ling foi embora com os demais. Nos trancamos lá dentro e levamos o corpo desfalecido de Moreau ao pátio, onde o deitamos sobre uma pilha de lenha.

Em seguida fomos ao laboratório e pusemos fim em todas as coisas vivas que encontramos por lá.

19

O "FERIADO" DE MONTGOMERY

Depois de tratar disso, tomar banho e comer, Montgomery e eu fomos ao meu quartinho e conversamos a sério sobre nossa situação pela primeira vez. Era perto da meia-noite. Ele estava quase sóbrio, mas com a mente perturbada. Moreau exercia uma estranha influência sobre sua personalidade. Acho que ele jamais pensou que Moreau algum dia fosse morrer. Aquela tragédia era um colapso repentino dos hábitos que se tornaram parte de sua natureza nos dez ou mais anos monótonos que passou na ilha. Ele falava de forma vaga, respondendo a minhas perguntas de forma indireta, sem entrar em muitos detalhes.

– Que mundo mais idiota – ele falou. – Que absurdo tudo isso! Não tive chance de começar minha vida. Sempre quis saber quando isso ia acontecer. Dezesseis anos sendo atormentado por babás e professores, cinco anos em Londres me esfalfando para estudar medicina... comendo mal, morando mal, me vestindo mal, adquirindo maus hábitos... Um fracasso... Eu não sabia de *nada*... e então vim parar nesta ilha selvagem. Dez anos aqui! E para que tudo isso, Prendick? Somos simples bolhas de sabão sopradas por uma criança?

Era difícil lidar com esse tipo de desabafo.

– No momento precisamos nos concentrar em como sair desta ilha – falei.

– De que adianta sair daqui? Sou um exilado. Para onde *eu* voltaria? Para *você* é muito simples, Prendick. Coitado do velho Moreau! Não podemos deixá-lo aqui para que comam a carne dos seus ossos. Do jeito como as coisas estão... Além disso, o que vai ser da parte boa do Povo-Bicho?

– Bom – eu disse –, podemos cuidar disso amanhã. Pensei em fazermos uma pira com aquela lenha e queimar o corpo... e as outras criaturas. E o que vai ser do Povo-Bicho?

– *Eu* é que não sei. Acho que os que foram feitos a partir de predadores vão fazer besteira mais cedo ou mais tarde. Não temos como acabar com todos eles... certo? Presumo que seria isso que a *sua* humanidade sugeriria, não? Mas eles vão mudar. Com certeza vão mudar.

Ele continuou falando de forma inconclusiva até eu sentir que minha paciência estava se esgotando.

– Maldição! – ele exclamou quando fiz algum comentário mais petulante. – Não está vendo que eu estou em uma situação ainda pior que a sua? – levantou-se e foi pegar outro conhaque. – Beba – falou ao voltar. – Seu santo do pau oco, seu ateu ilógico, beba.

– Eu não – respondi, e fiquei simplesmente observando seu rosto sob a luz amarelenta do lampião de parafina enquanto ele afogava as mágoas de forma cada vez mais ruidosa na bebida. Tenho lembranças de tédio infinito. Montgomery começou uma defesa tola e sentimental do Povo-Bicho e de M'ling, que, segundo suas palavras, era a única criatura que algum dia gostou dele. E então uma ideia lhe ocorreu.

– Diabos! – exclamou ele, ficando de pé com passos cambaleantes e apanhando a garrafa de conhaque. Por algum lampejo de intuição percebi qual era sua intenção.

– Não dê bebida para esse animal! – eu falei, levantando para encará-lo.

– Animal! – retrucou ele. – Animal é você. Ele vai beber, como um bom cristão. Saia da minha frente, Prendick.

– Pelo amor de Deus – falei.

– *Saia...* da minha frente – ele rugiu e em um gesto repentino sacou o revólver.

– Muito bem – falei e abri passagem, chegando a pensar em avançar sobre ele quando pôs a mão na fechadura, mas desisti ao me lembrar do meu braço quebrado. – Você virou um animal. Com os animais deve conviver.

Ele escancarou a porta e parou, me encarando de canto de olho, posicionado entre a luz amarelada do lampião e o pálido luar. As órbitas de seus olhos eram manchas escuras sob as sobrancelhas ralas.

– Você é um pedante, Prendick, um tolo! É movido por medos e fantasias. Não tem a menor convicção. Estou decidido a cortar minha própria garganta amanhã. E hoje vou aproveitar a noite como se fosse um feriado.

Ele virou as costas e saiu para a luz da lua.

– M'ling – ele gritou. – M'ling, meu velho amigo!

Três vultos apareceram sob a luz prateada na extremidade da praia. Um era de uma criatura coberta com panos brancos, seguido por duas silhuetas escuras e indiscerníveis. Os três pararam e ficaram observando. Foi quando vi os ombros curvados de M'ling contornando o muro da casa.

– Bebam – gritou Montgomery. – Bebam, seus brutos. Bebam e sejam homens. Diabos, como eu sou inteligente. Moreau se esqueceu disso. É o toque final. Bebam, estou dizendo. – E, brandindo a garrafa na mão, Montgomery saiu em uma espécie de trote acelerado para oeste, com M'ling colocando-se entre ele e os vultos que perseguia.

Fui até a porta. Eles já haviam se tornado indistintos sob o luar quando Montgomery deteve o passo. Eu o vi servir uma dose de conhaque puro para M'ling, e então as cinco figuras se fundiram em um único e vago borrão.

– Cantem – ouvi Montgomery gritar. – Cantem todos juntos. "Maldito seja Prendick"... Isso mesmo. De novo: "Maldito seja Prendick".

O borrão indistinto se separou em cinco figuras e afastou-se lentamente pela praia reluzente. Todos começaram a urrar a plenos pulmões, gritando insultos dirigidos a mim ou qualquer outro desabafo que o conhaque incentivasse.

Em seguida ouvi a voz de Montgomery à distância:
– À direita! – Seus gritos e urros passaram para a escuridão entre as árvores da ilha. Devagar, bem devagar, eles avançaram até que eu não conseguisse ouvi-los.

O esplendor pacífico da noite se estabeleceu outra vez. A lua ultrapassara o meridiano e começava a descer rumo a oeste. Estava cheia, e bem brilhante, navegando pelo céu azul e sem nuvens. À sombra do muro estava o pátio, às escuras sob os meus pés. A leste o mar ganhara uma coloração cinzenta e indistinta, escura e misteriosa, e à beira d'água a areia cinza (de vidro e cristais vulcânicos) reluzia como uma praia de diamantes. Atrás de mim, o lampião de parafina emitia seu brilho quente e intenso.

Fechei a porta, passei a chave e entrei no cercado onde Moreau jazia junto com suas últimas vítimas – o cão de caça, a lhama e mais alguns animais infelizes –, com o rosto robusto tranquilo mesmo após uma morte terrível, com os olhos escancarados para a lua branca mais acima. Sentei-me na beirada da pia e, com o olhar voltado para aquela massa macabra de luz prateada e sombras agourentas, comecei a elaborar planos na minha mente.

De manhã eu juntaria algumas provisões no bote a remo e, depois de acender a pira funerária, voltaria para a desolação do alto-mar. Senti que para Montgomery não havia salvação; ele estava identificado demais com aquele Povo-Bicho, inutilizado para o convívio humano. Não sei por quanto tempo fiquei lá sentado, pensando. Deve ter sido mais ou menos uma hora. Então meu planejamento foi interrompido pela volta de Montgomery. Ouvi um grito de muitas gargantas, um tumulto de exultação atravessando a praia, berros e urros exaltados que pareceram parar à beira d'água. A comoção se elevou e desapareceu; ouvi sons de impactos fortes e de madeira se partindo, mas não me preocupei com isso àquela altura. Uma entoação desconexa começou.

Meus pensamentos se voltaram de novo para minha escapada. Levantei, peguei o lampião e fui até um depósito examinar uns barris que tinha visto por lá. Em seguida fui checar o conteúdo de algumas latas de biscoitos, abrindo uma delas. Com o canto do olho percebi um brilho avermelhado e me virei de forma abrupta.

Atrás de mim no pátio, sem cores definidas sob a luz do luar, estava a pilha de lenha em que jaziam Moreau e suas vítimas mutiladas, uns jogados sobre os outros. Pareciam estar engalfinhados em um último confronto de vingança. Os ferimentos abertos estavam pretos como a noite, o sangue que escorria estava empoçado sobre a areia. Então eu vi, sem entender muito bem, a causa do meu sobressalto, um brilho intenso que dançava sobre a parede oposta. Interpretei erroneamente o fato, atribuindo-o a um reflexo do meu lampião bruxuleante, e me voltei de novo para os conteúdos do depósito. Consegui vasculhá-lo o quanto era possível para um homem de um braço só, encontrando um ou outro alimento que separei para o almoço do dia seguinte. Meus movimentos eram lentos e o tempo passou depressa. Logo a luz do dia chegou.

A entoação acabou, dando lugar a um clamor, e então recomeçou, transformando-se em um tumulto repentino. Ouvi gritos de "Mais, mais!", um ruído que parecia uma briga e então um berro enlouquecido. O caráter dos sons mudou de forma tão intensa que minha atenção foi capturada. Saí para o pátio e fiquei à escuta. Então, cortante como uma faca em meio à confusão, espocou o tiro de um revólver.

Saí correndo para o meu quarto pela porta interna, ouvindo alguns caixotes atrás de mim escorregarem e se chocarem uns contra os outros, além de um vidro se espatifando no chão do depósito. Não dei importância para isso. Abri a porta externa e olhei para fora.

Na praia, perto do abrigo dos barcos, uma fogueira ardia, lançando uma chuva de faíscas acesas sobre a imagem indistinta do amanhecer. Ao redor do fogo havia uma massa de vultos escuros. Ouvi Montgomery gritar meu nome. Comecei a correr imediatamente na direção da fogueira, com o revólver em punho. Vi o brilho rosado da pistola de Montgomery disparando uma vez, perto do chão. Gritei com todas as minhas forças e atirei para o alto.

– O Mestre! – ouvi alguém gritar. A massa de vultos escuros se separou em unidades esparsas sob a luz dançante do fogo. A multidão de membros do Povo-Bicho fugiu em pânico pela praia. Em um estado de ânimo exaltado, atirei contra suas costas em fuga enquanto desapareciam nos arbustos. Então me voltei para os vultos no chão.

Montgomery estava deitado de costas, com o Homem-Bicho de pelos prateados esparramado sobre seu corpo. O bruto estava morto, mas ainda segurando Montgomery pela garganta com suas garras curvadas. Logo ao lado estava M'ling, de bruços na areia, com o pescoço aberto por mordidas e a parte de cima da garrafa de conhaque partida na mão. Duas outras figuras estavam caídas junto ao fogo, uma imóvel, a outra grunhindo alto, de tempos em tempos erguendo a cabeça lentamente antes que despencasse de novo.

Segurei a criatura cinzenta e a arranquei de cima do corpo de Montgomery; suas garras se prenderam ao casaco rasgado quando a arrastei para longe.

Montgomery estava roxo e quase não respirava. Joguei água do mar em seu rosto e apoiei sua cabeça no meu casaco enrolado. M'ling estava morto. A criatura ferida junto ao fogo – era um Homem-Lobo com o rosto peludo e cinzento – tinha a parte inferior do corpo sobre a brasa ainda acesa. A infeliz criatura estava tão ferida que por misericórdia estourei seus miolos imediatamente. O outro bruto era um dos Homens-Touros com o corpo envolvido em panos brancos. Também estava morto.

O restante do Povo-Bicho tinha desaparecido da praia. Fui até Montgomery de novo e me ajoelhei ao seu lado, lamentando minha ignorância a respeito da medicina.

A fogueira ao meu lado estava apagada e restavam apenas vigas de madeira em brasa perto do centro, misturadas com cinzas e carvão. Perguntei-me por um instante onde Montgomery tinha conseguido aquela madeira. Então vi que o dia estava raiando. O céu ficou mais claro, a lua foi perdendo o brilho e se tornando opaca contra o azul luminoso do dia. O céu a leste estava tingido de vermelho.

Foi quando ouvi um baque surdo e um sibilado atrás de mim. Olhando ao redor, fiquei de pé com um grito de horror. Contra o céu do amanhecer, grandes massas de fumaça preta subiam do cercado e, em meio às manchas escuras, era possível ver as chamas avermelhadas. O telhado de palha fora atingido. As chamas curvadas que cresciam alcançaram o topo da construção. Um jato de fogo foi expelido pela janela do meu quarto.

Imediatamente me dei conta do que acontecera. Lembrei que tinha ouvido um vidro se espatifando. Quando corri para ajudar Montgomery, derrubei o lampião.

O desespero de tentar salvar algum conteúdo do cercado era evidente. Minha mente se voltou para o meu plano de fuga e me virei às pressas para o local onde os dois barcos ficavam atracados na praia. Não estavam mais lá! Havia dois machados largados na areia ao meu lado, com farpas e lascas espalhadas ao redor, e os restos da fogueira se revelavam cada vez mais escuros e carbonizados sob a luz do amanhecer. Ele tinha queimado as embarcações como desforra contra mim, para impedir nosso retorno ao convívio humano.

Uma convulsão súbita de raiva sacudiu meu corpo inteiro. Tive que me segurar para não arrebentar sua cabeça enquanto o tolo estava caído aos meus pés. Foi quando sua mão se moveu em um gesto tão frágil e patético que toda a minha ira desapareceu. Ele grunhiu e abriu os olhos por um instante.

Eu me ajoelhei ao seu lado e levantei sua cabeça. Ele abriu os olhos de novo, encarando silenciosamente a alvorada, e então se voltou para mim. Suas pálpebras desabaram.

– Desculpe – ele falou com grande esforço. Em seguida, pareceu pensativo. – Acabou – ele murmurou –, este universo idiota acabou. Que confusão...

Fiquei só ouvindo. Sua cabeça caiu de lado, sem forças. Pensei que se bebesse algo ele poderia reviver, mas não havia bebida alguma por perto, nem algum recipiente que pudesse ser usado para transportar algum líquido até ali. De repente, ele pareceu ficar mais pesado. Meu coração gelou.

Agachei-me até seu rosto e pus a mão dentro de sua blusa. Ele estava morto; e nesse momento foi atingido por uma linha de calor, o toque do sol, que se erguia a leste além da baía, lançando seu brilho pelo céu e transformando o mar escuro em um furor de luz deslumbrante. Os raios do sol pousaram de forma gloriosa naquele rosto franzido pela morte.

Apoiei sua cabeça no travesseiro improvisado com o meu casaco e fiquei de pé. Diante de mim estava a desolação reluzente do mar, aquele ermo terrível em que eu tanto já havia sofrido; às minhas costas havia a ilha, iluminada pela alvorada, com seu Povo-Bicho em silêncio e longe da vista. O cercado, com todas as provisões e munições, queimava ruidosamente com explosões repentinas de chamas, muitos estalos e de tempos em tempos um som de desmoronamento. A fumaça espessa seguia para o lado oposto ao da praia, pairando sobre as copas das árvores na direção das cabanas na ravina. Ao meu lado estavam os restos carbonizados das embarcações e cinco cadáveres.

Nesse momento apareceram nos arbustos três membros do Povo-Bicho, com seus ombros curvados, suas cabeças protuberantes, suas mãos disformes e olhos hostis e inquisitivos, avançando na minha direção com gestos hesitantes.

20

SOZINHO COM O POVO-BICHO

Eu estava sozinho diante daqueles brutos, e com as mãos nuas – na verdade, uma única mão, pois estava com o braço quebrado. No meu bolso havia um revólver com dois cartuchos esvaziados. Em meio às lascas espalhadas pela areia estavam dois machados usados para desmanchar as embarcações. A maré subia às minhas costas.

Não havia nada a que eu pudesse recorrer a não ser a coragem. Encarei diretamente os monstros em seu avanço. Eles evitavam o meu olhar, e suas narinas trêmulas farejavam os cadáveres caídos na praia. Dei meia dúzia de passos, apanhei o chicote manchado de sangue caído ao lado do Homem-Lobo e o estalei no ar.

Eles detiveram o passo e olharam para mim.

– Saudações – eu disse. – Tratem de se curvar!

Eles hesitaram. Uma criatura flexionou de leve os joelhos. Repeti a ordem, com todas as minhas forças, e avancei em sua direção. Um deles se ajoelhou, depois os outros dois.

Eu me virei e caminhei na direção dos cadáveres, mantendo o rosto voltado para os três Homens-Bichos ajoelhados, como um ator que encara do palco os membros da plateia.

– Eles desrespeitaram a Lei – falei, apoiando o pé no Ditador da Lei. – E foram mortos. Mesmo o

Ditador da Lei. Mesmo o Outro com o chicote. A Lei é forte! Venham ver.

– Ninguém escapa – disse um deles, avançando e espiando.

– Ninguém escapa – repeti. – Portanto, ouçam e obedeçam às minhas ordens. – Eles se levantaram, trocando olhares de interrogação.

– Fiquem aí – ordenei.

Recolhi os machados e os pendurei pelas lâminas na tipoia do braço. Em seguida virei Montgomery e apanhei seu revólver, ainda carregado com duas balas intactas, e me agachando um pouco mais encontrei meia dúzia de cartuchos em seu bolso.

– Peguem-no – falei, ficando de pé outra vez e apontando com o chicote. – Peguem-no e levem-no para o mar.

Eles avançaram, claramente ainda com medo de Montgomery, porém ainda mais temerosos do chicote na minha mão. Depois de alguns momentos de hesitação, estalos do chicote e gritos de comando, ergueram o corpo e entraram com ele no mar.

– Continuem – falei. – Continuem! Levem-no para mais longe.

Eles entraram na água até as axilas e se viraram para mim.

– Soltem-no – ordenei, e o corpo de Montgomery desapareceu nas ondas. Senti meu peito se apertar. – Muito bem! – falei, com a voz embargada, e eles voltaram à praia, apressados e temerosos, deixando rastros de preto no chão prateado. Na beira d'água eles pararam, virando-se e olhando para o mar como se esperassem que Montgomery fosse emergir a qualquer momento em busca de vingança.

– Agora, os outros – falei, apontando para os demais corpos.

Eles tomaram o cuidado de não se aproximar do local onde deixaram Montgomery na água e tomaram uma trajetória diagonal pela praia para levar os quatro membros mortos do Povo-Bicho a talvez uns cem metros de distância de onde entraram com o primeiro cadáver.

Enquanto carregavam os restos mortais maltratados de M'ling, ouvi um som leve de passos atrás de mim e, quando me virei, vi o Suíno-Hiena a no máximo dez metros de distância. Estava com a cabeça abaixada, com os olhos fixos em mim, os punhos atarracados cerrados junto ao corpo. Sua postura ameaçadora se desfez quando me virei, e seus olhos se desviaram um pouco.

Por um momento nos encaramos. Baixei o chicote e saquei a pistola do bolso. Minha intenção era matar aquele bruto – o mais notável entre os que restaram na ilha – ao primeiro pretexto. Pode parecer traiçoeiro, mas foi isso que resolvi. Estava muito mais preocupado com ele do que com os outros dois do Povo-Bicho. Sua existência era, eu tinha certeza, uma ameaça à minha.

Demorei talvez uns dez segundos para me recompor. Então gritei:

– Saudações! Trate de se curvar!

Ele mostrou os dentes em um rosnado.

– Quem é *você* para querer que eu...

Talvez de forma precipitada demais, saquei o revólver, fiz pontaria e atirei. Ouvi que ele gritou e vi quando correu e se virou. Ciente de que tinha errado, engatilhei de novo a arma para mais um tiro. Mas ele estava correndo, pulando de um lado para o outro, e eu não quis me arriscar a mais um erro. De tempos em tempos, me espiava por cima do ombro. Continuou fugindo em ziguezague pela praia e desapareceu na direção das colunas de fumaça preta que continuavam subindo da construção em chamas. Por algum tempo ainda fiquei olhando para ele. Em seguida, voltei-me para os três Homens-Bichos obedientes que estavam na água e fiz um sinal para que largassem o corpo que ainda carregavam. Depois, fui até a fogueira ao lado da qual estavam os cadáveres e joguei areia sobre as manchas de sangue até que desaparecessem.

Dispensei meus três servos e saí da praia, tomando a direção dos arbustos, levando a pistola na mão, o chicote na cintura e os machados pendurados na tipoia. Estava ansioso para ficar sozinho, para refletir a respeito da minha nova situação.

Era assustador, comecei a me dar conta, que em nenhum lugar da ilha houvesse um lugar onde eu pudesse ficar sozinho e em segurança para descansar ou dormir. Recuperara minhas forças desde o desembarque, mas ainda demostrava uma tendência a ficar nervoso e desmoronar em situações de grande tensão. Pensei que talvez fosse melhor atravessar a ilha e me estabelecer no seio do Povo-Bicho, garantindo que estaria a salvo ao conquistar sua confiança. Mas minha convicção não era das maiores. Voltei para a praia e, me virando na direção leste após passar pela construção em chamas, dirigi-me a um local onde um recife de coral penetrava o mar. Foi lá que me sentei, apoiando o queixo nos joelhos, com o sol castigando minha cabeça e um temor ganhando corpo na minha mente enquanto me questionava como conseguiria viver para esperar que me resgatassem (isso se o resgate algum dia chegasse). Tentei avaliar a situação com a maior tranquilidade possível, mas era impossível ignorar o componente emocional da coisa.

Comecei a repassar na minha mente o motivo da desolação de Montgomery. "Eles vão mudar. Com certeza vão mudar", ele dissera. E Moreau, o que ele havia dito? "A carne teimosa dos bichos vai voltando à forma antiga, dia após dia..." Depois, pensei no Suíno-Hiena. Tinha certeza de que se não acabasse com aquele bruto ele me mataria... O Ditador da Lei estava morto – que azar!... Agora eles sabiam que os que empunhavam os chicotes podiam ser mortos tanto quanto qualquer um...

Estariam eles me espiando do meio dos juncos e das palmeiras mais adiante, me observando para dar o bote? Estariam tramando contra mim? O que o Suíno-Hiena estaria dizendo para os demais? Minha imaginação estava sendo inundada por medos infundados.

Meus pensamentos foram interrompidos pelos gritos das aves marinhas, atraídos por um objeto escuro levado pelas ondas até a praia em frente ao cercado. Eu sabia que objeto era, mas não tive coragem de ir espantar as aves. Comecei a caminhar pela praia na direção oposta, com a intenção de dar uma guinada para leste na extremidade da ilha e assim tomar o rumo da ravina das cabanas sem ter que enfrentar as possíveis emboscadas dos arbustos.

Depois de caminhar talvez uns oitocentos metros, percebi que um dos meus três Homens-Bichos estava saindo dos arbustos na minha direção. Eu estava tão apreensivo por causa das coisas que imaginei, que imediatamente saquei o revólver. Nem mesmo os gestos conciliatórios que a criatura fazia serviram para desarmar o meu espírito.

Ele hesitou ao se aproximar.

– Vá embora – gritei. Havia algo que remetia a um cão na postura submissa da criatura. Recuou um pouco, como um cachorro mandado para a casinha, e então parou e ficou me olhando com olhos caninos e suplicantes. – Vá embora – falei. – Não chegue perto de mim.

– Não posso chegar perto de você? – a criatura perguntou.

– Não. Vá embora – insisti, estalando o chicote. Então, prendendo o chicote nos dentes, agachei-me para pegar uma pedra, e isso afastou de vez a criatura.

Então, sozinho, atravessei a ravina do Povo-Bicho e, me escondendo entre os arbustos que separavam a elevação do mar para observá-los, tentei avaliar a partir de seus gestos e aparências como a morte de Moreau e Montgomery e a desaparição da Casa da Dor os afetaram. Sei bem como é a loucura gerada pela minha covardia. Se eu tivesse mantido a mesma coragem do amanhecer, se não tivesse me isolado nos meus pensamentos solitários, poderia ter tomado posse do cetro vago de Moreau e me tornado o regente do Povo-Bicho. Pela maneira como tudo aconteceu, fui rebaixado à posição de um mero líder entre meus companheiros.

Perto do meio-dia, alguns deles apareceram e se acocoraram para tomar sol na areia quente. As vozes imperativas da fome e da sede falaram mais alto que o medo. Saí dos arbustos e, com o revólver em punho, caminhei até as figuras acocoradas. Uma das criaturas, uma Mulher-Loba, virou a cabeça para me encarar, e em seguida as outras fizeram o mesmo. Ninguém fez menção de se levantar ou me saudar. Eu também estava fraco e exausto demais para fazer questão disso e ignorei o fato.

– Quero comida – falei, de forma quase apologética, quando me aproximei.

– Tem comida nas cabanas – respondeu um Homem-Boi-Javali, sonolento, desviando os olhos de mim.

Passei por eles e desci para as sombras e os odores da ravina quase deserta. Em uma cabana vazia comi algumas frutas, e então, depois de empilhar alguns galhos caídos e gravetos na entrada, deitei de frente para a abertura e, com a mão no revólver, sucumbi à exaustão das últimas trinta horas e me permiti um leve cochilo, confiando que a frágil barricada que ergui produziria um ruído alto o suficiente quando removida para me prevenir de qualquer surpresa desagradável.

21

A REVERSÃO DO POVO-BICHO

Foi assim que me misturei ao Povo-Bicho na Ilha do Doutor Moreau. Quando acordei, estava escuro ao meu redor. Meu braço doía por baixo da bandagem. Sentei-me, a princípio sem saber onde estava. Ouvi vozes ásperas conversando do lado de fora. Então percebi que minha barricada não estava mais lá e que a abertura da cabana estava liberada. O revólver ainda estava na minha mão.

Ouvi o som de uma respiração e notei que havia algo encolhido ao meu lado. Prendi o fôlego, tentando ver o que era. A coisa começou a se mover de forma lenta e interminável. Então alguma coisa macia, quente e úmida passou pela minha mão.

Todos os meus músculos se contraíram. Puxei a mão para longe. Um grito de susto ficou preso na minha garganta. Então percebi o que tinha acontecido, pelo menos o suficiente para levar o dedo ao gatilho do revólver.

– Quem está aí? – perguntei com um sussurro áspero, com o revólver ainda apontado.

– *Eu*, Mestre.

– Quem é você?

– Dizem que não tem mais Mestre agora. Mas eu sei, eu sei. Carreguei o corpo para o mar, ó Caminhante do Mar, os corpos que você matou. Sou seu escravo, Mestre.

– Foi você que eu encontrei na praia? – perguntei.

– Eu mesmo, Mestre.

A criatura era evidentemente confiável, pois poderia ter me atacado enquanto eu dormia.

– Muito bem – falei, estendendo a mão para receber outra lambida. Comecei a perceber o que aquela presença significava, e um pouco da minha coragem voltou. – Onde estão os outros? – questionei.

– Estão loucos. São tolos – respondeu o Homem-Cão. – Agora mesmo estão conversando juntos logo ali. Dizem: "O Mestre está morto; o Outro com o chicote está morto. Esse Outro que andou no mar é... como nós. Não temos mais mestre, nem chicote, nem Casa da Dor. É o fim. Amamos a Lei, e vamos manter; mas não tem dor, nem Mestre, nem Chicote nunca mais". É isso o que dizem. Mas eu sei, Mestre, eu sei.

Tateei na escuridão e acariciei a cabeça do Homem-Cão.

– Muito bem – repeti.

– Agora você vai matar todos eles – disse o Homem-Cão.

– Agora vou matar todos eles – respondi –, depois de alguns dias e de algumas coisas que precisam acontecer. Todos a não ser aqueles que você poupar, todos eles vão ser mortos.

– O que o Mestre quiser matar o Mestre pode matar – disse o Homem-Cão, com um tom de satisfação na voz.

– E os pecados deles vão aumentar – expliquei. – Que eles vivam na loucura até chegar a hora. Não permita que eles saibam que eu sou o mestre.

– A vontade do mestre é boa – disse o Homem-Cão, com o tato inerente a seu sangue canino.

– Mas um deles pecou – acrescentei. – Esse eu vou matar assim que encontrá-lo. Quando eu disser "Aí está ele", quero que você ataque. E agora vou tratar com os homens e as mulheres que estão reunidos.

Por um momento a entrada da cabana foi escurecida pela saída do Homem-Cão. Eu o segui e fiquei de pé, quase no mesmo local em que estivera quando ouvi que Moreau e seu cão de caça me perseguiam. Dessa vez, porém, era noite, a ravina miasmática ao meu redor estava um breu e, em vez da encosta verde iluminada pelo sol mais adiante, vi um fogo vermelho diante do qual figuras curvadas e grotescas se moviam de um lado para o outro. Mais à frente estavam as árvores, um aglomerado de massa escura encimada pela renda preta formada pelos galhos mais altos. A lua começava a despontar no alto da ravina e, como uma barra manchando sua face rochosa, uma coluna de vapor se erguia das sempre ativas fumarolas da ilha.

– Fique ao meu lado – falei, já me enervando, e caminhamos lado a lado pela passagem estreita, sem dar muita atenção aos vultos que nos espiavam de dentro das cabanas.

Ninguém perto do fogo se preocupou em me saudar. A maioria me ignorava – e ostensivamente. Olhei ao redor à procura do Suíno-Hiena, mas ele não estava lá. No total, devia haver uns vinte membros do Povo-Bicho ali agachados, olhando para o fogo e conversando entre si.

– Ele está morto, está morto, o Mestre está morto – disse a voz do Homem-Símio à minha direita. – A Casa da Dor... não existe Casa da Dor.

– Ele não está morto – falei, elevando o tom de voz. – Agora mesmo ele nos observa.

Isso provocou um sobressalto entre eles. Vinte pares de olhos se voltaram para mim.

– A Casa da Dor se foi – continuei. – Mas vai voltar. O Mestre vocês não conseguem ver. Neste exato momento ele está ouvindo o que dizem.

– Verdade, verdade! – disse o Homem-Cão.

Eles hesitaram diante das minhas afirmações tão convictas. Um animal pode ser feroz e astuto, mas só um homem de verdade é capaz de distinguir uma mentira.

– O Homem com o Braço Enfaixado fala coisas estranhas – comentou um dos Homens-Bichos.

– Estou dizendo a verdade – garanti. – O Mestre e a Casa da Dor vão voltar. Ai de quem desrespeitar a Lei!

Eles trocaram olhares curiosos. Fingindo indiferença, comecei a cavoucar o chão diante de mim com o machado. Reparei que eles repararam nos sulcos profundos que produzi no solo.

O Sátiro levantou um questionamento; eu respondi, uma das criaturas malhadas fez uma objeção e uma discussão animada se espalhou em volta da fogueira. A cada momento eu me sentia mais convicto e seguro. Falava sem precisar tomar fôlego como ocorreu a princípio, em virtude da intensidade da minha exaltação. Em questão de uma hora consegui convencer vários membros do Povo-Bicho da veracidade das minhas afirmações e deixei a maioria dos outros em dúvida. Fiquei de olho aberto para a presença do meu inimigo, o Suíno-Hiena, mas ele não apareceu. De tempos em tempos alguma movimentação suspeita ainda me causava um sobressalto, mas minha confiança crescia depressa. Quando a lua começou a baixar no firmamento, os ouvintes passaram a bocejar (revelando dentes estranhíssimos à luz do fogo que morria), e um após o outro foram se recolhendo aos abrigos na ravina. Temendo o silêncio e a escuridão, eu fiz o mesmo, sabendo que estaria mais seguro em um grupo do que sozinho.

Assim começou a parte mais longa da minha estadia na Ilha do Doutor Moreau. Mas a partir dessa noite até o fim houve apenas uma coisa digna de nota, com exceção de inúmeros detalhes desagradáveis e uma incessante sensação de inquietação. Portanto, prefiro não produzir nenhuma crônica desse intervalo e narrar apenas um incidente crucial ocorrido nos dez meses que passei na intimidade daqueles brutos semi-humanizados. Tenho muito mais coisas guardadas na memória do que seria capaz de escrever, acontecimentos que daria de bom grado a minha mão direita para esquecer. Mas nada disso ajudaria a contar a minha história. Olhando em retrospecto, é estranho lembrar a rapidez com que me acostumei ao jeito de ser daqueles monstros e recuperei minha confiança. Tive minhas querelas, claro, e algumas marcas de mordidas persistem até hoje, mas logo conquistei o respeito de todos por minha habilidade em atirar pedras e pela lâmina do meu machado. A lealdade do meu Homem-Cão-São-Bernardo também se revelou infinitamente útil para mim. Descobri que a noção simplória de honraria do Povo-Bicho se baseava em sua maior parte na capacidade de infligir ferimentos. Posso dizer inclusive – sem parecer pretensioso, assim espero – que desfrutava de uma certa proeminência entre eles. Um ou outro que feri com seriedade durante alguma disputa ainda guardava ressentimento contra mim, mas que era expressado quase sempre pelas minhas costas, a uma distância segura, na forma de resmungos.

O Suíno-Hiena me evitava, e eu me mantinha sempre alerta à sua presença. Meu inseparável Homem-Cão o detestava e o temia intensamente. Eu acreditava inclusive que isso estava na raiz do apego do bruto a mim. Logo ficou evidente que o outro monstro provara o gosto do sangue e seguira na trilha do Homem-Leopardo. Ele estabeleceu um refúgio para si em algum lugar na floresta e adquiriu hábitos solitários. Em uma ocasião, tentei induzir o Povo-Bicho a caçá-lo, mas não tinha autoridade para fazê-los cooperar com um objetivo comum. Diversas vezes tentei me aproximar de seu abrigo e pegá-lo de surpresa, mas ele estava sempre atento aos meus movimentos e fugia ao me ver ou sentir o meu cheiro. Sua existência tornava perigosas as trilhas da floresta para mim e os meus aliados em razão de suas emboscadas furtivas. O Homem-Cão quase nunca ousava sair do meu lado.

No primeiro mês, o Povo-Bicho, em comparação com seu estado posterior, ainda tinha um comportamento razoavelmente humano, e com um ou dois além do meu amigo canino consegui estabelecer uma relação amigável de tolerância. A criaturinha rosada com rosto de preguiça demonstrava uma estranha afeição por mim e começou a me seguir. O Homem-Símio, porém, me aborrecia. Em virtude de seus cinco dedos, ele acreditava que éramos iguais e sempre vinha falar comigo, tagarelando os maiores absurdos. Uma coisa nele me divertia um pouco: sua capacidade fantástica de elaborar novos termos. Ele pensava, segundo entendi, que dizer palavras sem significado era uma forma correta de se expressar. Chamava isso de "grandes pensadas", para distinguir das "pequenas pensadas", que tratavam da vida cotidiana. Quando eu dizia algo além de sua compreensão, ele me elogiava, me pedia para falar de novo, decorava e saía repetindo, com uma ou outra palavra errada, para todos os demais membros do Povo-Bicho. Era incapaz de pensar em qualquer coisa que fosse direta e compreensível. Inventei algumas "grandes pensadas" das mais curiosas para seu uso. Hoje penso que se tratava da criatura mais tola que já conheci; ele desenvolveu uma forma impressionante de tolice humana, sem perder o comportamento maníaco natural de um macaco.

Isso se deu, como mencionei, nas minhas primeiras semanas de convivência solitária entre os brutos. Durante esse período, eles respeitaram os usos estabelecidos pela Lei e se comportaram com decoro em termos gerais. Em uma ocasião, encontrei um coelho destroçado – pelo Suíno-Hiena, tenho certeza –, mas isso foi tudo. Foi por volta de maio que percebi distintamente pela primeira vez uma mudança em seu jeito de falar e em sua conduta, uma ausência de articulação cada vez maior, uma crescente aversão ao ato da fala. O tagarelar do Homem-Símio aumentou de volume, porém foi se tornando cada vez mais incompreensível, mais e mais simiesco. Alguns dos outros pareceram ter perdido a capacidade da fala, embora ainda fossem capazes de entender o que eu lhes dizia. É possível imaginar que a linguagem, de clara e exata, pudesse passar a matéria amorfa, perdendo a forma e o sentido, voltando a ser apenas emissões aleatórias de som? O ato de andar ereto também foi ficando cada vez mais difícil. Embora estivesse claro que eles se envergonhavam disso, de tempos em tempos eu surpreendia um ou outro caminhando com os dedos das mãos apoiados no chão, sem conseguir reassumir a postura vertical. Eles seguravam as coisas de forma cada vez mais desajeitada; bebiam sugando os líquidos, comiam sem usar as mãos, se tornavam mais primitivos a cada dia. Percebi de forma mais aguda o que Moreau quis dizer quando falou sobre a "carne teimosa dos bichos". Eles estavam se revertendo, e de maneira aceleradíssima.

Algumas criaturas – as primeiras, notei com alguma surpresa, foram as fêmeas – começaram a ignorar a necessidade de manter a decência, e na maior parte das vezes de forma deliberada. Outras inclusive cometeram violações públicas da instituição da monogamia. A tradição da Lei estava claramente perdendo força. Não posso me alongar muito nesse assunto desagradável. Meu Homem-Cão foi sutilmente voltando à forma de cachorro; a cada dia se mostrava mais estúpido, quadrúpede e peludo. Mal percebi a transição do companheiro que caminhava à minha direita a um cão que me seguia. A falta de cuidados e a desorganização cresciam dia a dia, e o corredor de habitações, que em nenhum momento foi muito agradável, ficou tão imundo que abandonei o local, atravessei a ilha e fiz um abrigo de galhos de árvores nas ruínas enegrecidas da construção de Moreau. Uma lembrança residual de dor, descobri, ainda fazia daquele lugar o mais seguro contra o Povo-Bicho.

Seria impossível detalhar cada passo da decadência daqueles monstros; narrar como, dia após dia, foram perdendo o aspecto humano; como abriram mão das bandagens e das roupas que os cobriam; como a pelagem começou a se espalhar pelos membros expostos; como suas testas recuaram e seus rostos se projetaram para a frente; como a minha intimidade quase humana com alguns deles nos primeiros dias de solidão se tornou uma lembrança pavorosa.

A mudança foi lenta e inexorável. Para eles e para mim, veio sem que um momento específico marcasse a virada definitiva. Eu ainda caminhava entre eles em segurança, pois não houve grandes sobressaltos na contínua invasão animalesca que ia expulsando a humanidade dia após dia. Porém, comecei a temer que em breve o choque viria. Meu são-bernardo me seguiu até as ruínas, e sua vigilância me permitia dormir de vez em quando sentindo algo parecido com uma tranquilidade. A pequena preguiça rosada se tornou mais arisca e me deixou, voltando a seu habitat natural nos galhos das árvores. Estávamos em um estado de equilíbrio que existiria em jaulas coletivas de animais de exposição caso os domadores desaparecessem e os largassem lá para sempre.

Obviamente, a regressão das criaturas não as levou a se tornarem bichos convencionais como aqueles que são vistos nos jardins zoológicos – ursos, lobos, tigres, bois, porcos e macacos comuns. Ainda havia um aspecto estranho em cada um deles; em todos Moreau deixara sua marca transformadora; um talvez fosse em maior parte ursino, ou em maior parte felino, ou em maior parte bovino, mas todos tinham algo de outra criatura – uma espécie de animalismo genérico que surgia apesar das diferenças. E os vestígios de humanidade ainda me surpreendiam de tempos em tempos, em uma recuperação temporária da fala, por exemplo, ou em uma demonstração de habilidade inesperada com as patas da frente, ou em alguma tentativa patética de andar com o corpo ereto.

A minha aparência também deve ter exibido mudanças estranhas. Minhas roupas se transformaram em andrajos amarelados, com rasgos por entre os quais era possível ver minha pele bronzeada. Meus cabelos cresceram e ficaram cheios de nós. Hoje em dia dizem que o meu olhar tem um brilho estranho, uma espécie de reação sobressaltada a qualquer movimentação.

No começo eu aproveitava a luz do dia na praia do sul da ilha para observar o mar à procura de uma embarcação, esperando e rezando por uma aproximação. Esperava que o *Ipecacuanha* pudesse voltar, mas isso nunca aconteceu. Em cinco ocasiões vi velas no mar, e três vezes avistei fumaça de um vapor, mas nenhuma embarcação se aproximou da ilha. Eu sempre mantinha uma fogueira acesa, mas sem dúvida alguma o fato de ser uma ilha vulcânica era levado em consideração pelos navegantes.

Foi só em setembro ou outubro que comecei a pensar em construir uma jangada. A essa altura meu braço já estava curado, e eu podia usar as duas mãos outra vez. A princípio me assustei com a minha falta de habilidade. Eu nunca tinha feito nada que se assemelhasse à carpintaria na vida, e passava dia após dia experimentando com o machado no meio das árvores. Não dispunha de cordas, e não me ocorria nada que pudesse usar para fabricá-las; nenhum dos abundantes cipós existentes na ilha parecia apropriado ou resistente o bastante, e a minha inútil educação científica não me ensinara nada a esse respeito. Passei mais de duas semanas revirando as ruínas enegrecidas da construção e o local na praia onde os barcos foram queimados à procura de pregos e outras peças soltas de metal que pudessem me ter serventia. De tempos em tempos algum Bicho vinha me espiar e saía correndo quando eu gritava alguma coisa. Então veio uma estação de chuvas fortes, com raios e trovoadas, o que atrasou um bocado meu trabalho, mas por fim a jangada ficou pronta. Fiquei muito satisfeito com ela. Porém, como o senso prático nunca foi o meu forte, eu a construíra a mais de um quilômetro e meio da água, e quando terminei de arrastá-la até a praia a coisa já tinha se desconjuntado por completo. Talvez tenha sido melhor mesmo não embarcar nela, mas nesse momento a minha decepção com o fracasso foi tão forte que passei alguns dias de desolação na praia, olhando para o mar e pensando na morte.

No entanto, eu não queria morrer, e houve um incidente que me alertou de forma inequívoca da estupidez de deixar os dias se passarem daquele jeito – pois cada dia significava um aumento do perigo representado pelos Monstros-Bichos. Eu estava deitado à sombra do muro do cercado, olhando para o mar, quando levei um susto ao sentir alguma coisa fria tocando a minha pele perto do calcanhar, e quando me virei vi a pequena preguiça rosada me encarando e piscando. Fazia tempo que ela perdera a capacidade de falar e se movimentar ativamente, a pelagem espessa do animalzinho crescia a cada dia e suas garras robustas estavam mais afiadas. Ela soltou um gemido quando viu que chamara minha atenção, voltou-se para os arbustos e me encarou de novo.

A princípio não entendi, mas logo me ocorreu que a criaturinha queria que eu a seguisse, e por fim foi isso o que fiz, com movimentos lentos, pois o dia estava quente. Quando chegamos às árvores, a preguiça começou a escalar, já que se locomovia melhor pelo cipoal do que pelo chão.

E então, ao chegar a uma clareira, deparei com uma situação macabra. Meu são-bernardo estava caído sem vida no chão e ao lado de seu corpo estava o Suíno-Hiena arrancando a carne dele com suas garras deformadas, mastigando e rosnando de deleite. Quando me aproximei, o monstro ergueu os olhos para mim, arreganhou os lábios para mostrar os dentes manchados de sangue e grunhiu de forma ameaçadora. Não havia mais medo nem vergonha; o último vestígio da marca humana desaparecera. Dei mais um passo, parei e saquei o revólver. Pelo menos tive a chance de ficar frente a frente com ele.

O bruto não fez sinal de recuar. Suas orelhas, porém, se encolheram, seus pelos se eriçaram e ele se agachou. Mirei entre seus olhos e atirei. Nesse momento a criatura se ergueu e saltou sobre mim, e fui derrubado como um pino de boliche. A mão deformada do Suíno-Hiena me acertou no rosto. O salto fez com que seu corpo caísse sobre o meu. Fiquei preso sob a parte traseira de seu corpo, mas por sorte tinha acertado o tiro, e ele morreu logo depois de saltar. Saí de baixo de seu corpo imundo e levantei com gestos trêmulos, olhando para o cadáver ainda quente. Pelo menos um perigo fora eliminado. Mas eu sabia que era apenas o primeiro de uma série de contratempos que viriam.

Queimei ambos os corpos em uma pira feita de lenha. Percebi com clareza que, caso não me apressasse em deixar a ilha, minha morte era questão de tempo. A essa altura, os Bichos, com uma ou outra exceção, tinham deixado a ravina e se abrigavam de acordo com suas preferências individuais no espaço selvagem da ilha. Poucos saíam à luz do dia; a maioria dormia quando o sol estava de pé, e a ilha devia parecer deserta a um recém-chegado; à noite, porém, o ar era empesteado por seus gritos e uivos. Cheguei a pensar em promover um massacre – construir armadilhas ou enfrentá-los com a minha faca. Se eu tivesse munição suficiente, não teria hesitado em sair matando. Não devia haver mais de duas dezenas de carnívoros perigosos, e o mais ousado deles já estava morto. Depois da morte do meu pobre cão, meu último amigo, eu também adotei até certo ponto o hábito de dormir de dia, para conseguir me manter alerta à noite. Reconstruí meu abrigo junto ao muro da construção com uma abertura tão estreita que qualquer um que tentasse penetrá-lo produziria um barulho considerável. As criaturas também tinham perdido o domínio sobre o fogo e voltado a temê-lo. Retomei de forma quase frenética a atividade de juntar galhos e troncos para construir uma jangada que permitisse a minha fuga.

Deparei com mil dificuldades. Sou um homem nem um pouco habilidoso – de um tempo anterior às aulas de trabalhos manuais nos colégios –, porém fui capaz de cumprir os requisitos básicos de uma jangada de uma forma ou de outra, apesar da falta de jeito, e dessa vez fiz questão de garantir a robustez da embarcação. O único obstáculo incontornável era que não havia um recipiente grande o bastante para levar a água de que eu precisaria para me lançar em mares desconhecidos. Até pensei em produzir cerâmica, mas na ilha não havia terra que pudesse virar argila. Passei um bom tempo circulando pelos arredores em busca de uma solução para essa última dificuldade. Às vezes me perdia em violentos acessos de raiva, que descontava em alguma pobre árvore derrubada a machadadas. Mas não conseguia pensar em nada.

E então amanheceu um dia, um dia maravilhoso, que passei em êxtase. Avistei uma vela a sudoeste, uma vela pequena, como a de uma escuna, acendi uma pilha de lenha e me pus a observar sob o calor do sol do meio-dia. Passei o dia todo de olho nessa vela, sem comer nem beber, até minha cabeça começar a doer; os Bichos apareceram para me olhar e foram embora parecendo não entender o que acontecia. A embarcação ainda estava distante quando a noite caiu e a engoliu, e durante toda a noite tratei de manter o fogo alto e brilhante, vendo os olhos dos Bichos brilharem na escuridão, maravilhados. Ao amanhecer, o barco estava mais próximo, e vi a vela encardida de uma embarcação modesta. Meus olhos estavam cansados e eu não acreditei no que vi. Havia dois homens no barco, um perto da proa e outro no leme. Mas a embarcação seguia uma trajetória estranha. Não se mantinha alinhada com o vento; se deixava levar em guinadas súbitas.

Quando o sol subiu um pouco mais agitei o último pedaço do meu casaco para os marujos; eles pareceram não me ver e continuaram virados um para o outro. Fui até o ponto mais distante do promontório, gesticulei e gritei. Não houve resposta, e o barco seguia em seu curso incerto, aproximando-se de forma lenta, bem lenta, da baía. Uma grande ave branca levantou voo da embarcação e nenhum dos dois marujos fez menção de olhar. A ave circulou o barco e ganhou altura com batidas de asas poderosas.

Foi quando parei de gritar, sentei-me em uma pedra no promontório, apoiei o queixo nos joelhos e fiquei só observando. Pouco a pouco, o barco foi passando por mim rumo ao oeste. Eu poderia ter nadado até onde estava, mas alguma coisa, um medo obscuro e vago, me impediu. Ao cair da tarde a maré arrastou a embarcação para mais perto, levando-a para mais ou menos cem metros a oeste das ruínas da construção.

Os homens a bordo estavam mortos havia tanto tempo que se despedaçaram quando virei o barco e os arrastei para fora. Um tinha cabelos ruivos como os do capitão do *Ipecacuanha*, e havia um quepe branco encardido no fundo do casco. Quando alcancei a embarcação, três Bichos apareceram dos arbustos farejando na minha direção. Em meio a espasmos de nojo, virei o pequeno barco para a água e subi a bordo. Dois dos brutos eram Bichos-Lobos e tomaram a dianteira com narinas trêmulas e olhos reluzentes; o terceiro era uma mistura horrenda de urso e touro.

Quando se aproximaram dos restos mortais em decomposição, eles rosnaram uns para os outros e vi o brilho de seus dentes, sentindo um horror frenético tomar o lugar da minha repulsa. Dei as costas para eles, baixei a vela e comecei a remar para mar aberto. Não consegui criar coragem para olhar para trás.

Passei aquela noite atracado entre os corais e a ilha, e na manhã seguinte fui até o riacho e enchi de água o barril vazio que havia a bordo. Então, com o máximo de paciência de que era capaz, colhi uma boa quantidade de frutas e matei dois coelhos com meus dois últimos cartuchos. Enquanto fazia isso, deixei o barco amarrado a uma ponta do coral, por medo do que os Monstros-Bichos pudessem vir a fazer.

22

O HOMEM SOLITÁRIO

No fim da tarde zarpei para mar aberto, impulsionado de forma suave e tranquila por um vento leve de sudoeste; a ilha foi ficando cada vez menor, e a nuvem de fumaça, uma linha cada vez mais fina contra o pôr do sol. O oceano foi dominando a vista ao meu redor, escondendo o pedaço de terra baixa dos meus olhos. A luz do dia, a trajetória gloriosa do sol, foi se recolhendo diante de mim como uma cortina luminosa e por fim avistei a imensidão azul que o céu diurno esconde e os conjuntos de estrelas flutuantes. O mar estava silencioso, assim como o céu; eu estava sozinho com o silêncio e a escuridão.

Fiquei à deriva por três dias, comendo e bebendo pouquíssimo, refletindo sobre o que me acontecera, nem um pouco ansioso para voltar a ter contato com a humanidade. Vestia trapos sujos e meus cabelos eram um emaranhado escuro sobre a cabeça. Sem dúvida quem me encontrasse pensaria tratar-se de um louco. Por mais estranho que pudesse parecer, eu não tinha o menor desejo de voltar ao convívio entre os homens. Só estava contente por me livrar dos horrendos Monstros-Bichos. No terceiro dia fui resgatado por um brigue que ia de Apia para San Francisco. Nem o capitão nem o imediato acreditaram na minha história, atribuindo tudo a uma loucura causada pela solidão e pelo perigo que corri. E, por temer a opinião negativa deles e dos demais, parei de narrar minhas aventuras e aleguei que não me lembrava de nada do que acontecera entre o naufrágio do *Lady Vain* e o meu resgate – o que totalizava o intervalo de um ano.

Tive que agir de forma extremamente cautelosa para me desviar da suspeita da insanidade. As lembranças da Lei, dos dois marujos mortos, das emboscadas na escuridão, do corpo caído nos juncos, me atormentavam. E, por mais estranho que possa parecer, com meu retorno ao convívio humano, em vez da confiança e da segurança que esperava, senti que cresciam a incerteza e o temor que experimentei durante a minha estadia na ilha. Ninguém acreditava em mim, eu era uma figura tão estranha quanto deveria parecer aos olhos do Povo-Bicho. Devo ter adquirido alguma coisa do caráter selvagem inerente a esses meus companheiros.

Dizem que o terror é uma doença, e posso afirmar que há vários anos um pavor inquieto vem habitando a minha mente, parecido com o que um filhote de leão semidomesticado deve experimentar perto das pessoas. Meu distúrbio mental assumiu uma forma das mais estranhas. Eu não conseguia me convencer de que os homens e as mulheres que encontrava não eram membros do Povo-Bicho, ainda que mais apresentáveis, animais que tomaram a forma de seres humanos e que de um momento para o outro não iriam começar a se reverter e a mostrar suas marcas bestiais. No entanto, confidenciei o meu caso a um homem excepcionalmente capaz, um sujeito que conheceu Moreau, que parecia dar crédito à minha história e era um especialista em saúde mental – o que me ajudou muitíssimo.

Embora eu saiba que o terror daquela ilha jamais vai me abandonar, às vezes sinto que está enterrado na minha mente, como uma nuvem distante, uma lembrança que se manifesta na forma de uma leve desconfiança; porém, há ocasiões em que a pequena nuvem se amplia e escurece o céu inteiro. Nesses momentos, olho para meus semelhantes e sinto medo. Vejo rostos atentos e espertos, outros inexpressivos ou perigosos, e outros instáveis e insinceros; mas nenhum me transmite a autoridade serena de uma alma racional. Sinto que as características animais estão ganhando corpo em sua aparência; que a degradação sofrida pelos habitantes da ilha vai se repetir em uma escala mais ampla. Sei que se trata de uma alucinação, que esses homens e mulheres são de fato homens e mulheres e vão continuar sendo até o fim da vida, que são criaturas perfeitamente racionais, cheias de desejos humanos e donos de uma solicitude generosa, afastados de seus instintos, longe de serem escravizados por alguma Lei de caráter fantástico – criaturas bem diferentes dos membros do Povo-Bicho. Mesmo assim, me encolho de medo de seus olhares curiosos, de suas perguntas e de suas ofertas de ajuda, e só penso em me afastar e ficar sozinho.

Por essa razão vivo perto de uma planície ampla e intocada, e tenho para onde fugir quando essa sombra se abate sobre a minha alma; esse local ermo se torna agradabilíssimo, em sua amplidão solitária e varrida pelos ventos. Quando eu morava em Londres, o horror era quase insuportável. Eu não tinha como fugir do convívio; as vozes das pessoas entravam pelas janelas; as portas trancadas não me proporcionavam a menor segurança. Eu saía às ruas para tentar me livrar da alucinação e ouvia o tagarelar das mulheres, os olhares furtivos dos homens invejosos, as tossidas dos trabalhadores de rostos pálidos, com olhos cansados e passos temerosos como os de um cervo ferido vertendo sangue, os resmungos solitários dos idosos recurvados e o tagarelar das crianças zombeteiras que os seguiam. Então me refugiava em alguma capela, e mesmo lá, tamanho era meu desespero, parecia que o pregador matraqueava Grandes Pensadas como o Homem-Símio faria; ou então entrava em alguma biblioteca, mas os rostos voltados para os livros pareciam os de predadores pacientes à espera de sua caça. Particularmente horrendas eram as expressões vazias das pessoas dentro dos trens e ônibus; essas me pareciam tão impessoais quanto cadáveres, então eu só me deslocava quando havia espaço suficiente para me isolar. E eu também não me sentia uma criatura racional, e sim um bicho atormentado por algum estranho distúrbio no cérebro que o levava a vagar sozinho como uma ovelha doente.

Mas isso é algo que sinto – graças a Deus – cada vez mais raramente. Afastei-me do burburinho das cidades e das multidões e passo meus dias cercado pela sabedoria dos livros, que são janelas para a vida iluminadas pela luz da alma dos homens. Vejo poucas pessoas desconhecidas e moro em uma casa pequena.

Meus dias são dedicados à leitura e a experimentos químicos, e nas noites de céu limpo aproveito para estudar astronomia. Sinto uma enorme sensação de paz e proteção ao observar o brilho dos corpos celestes, apesar de não saber explicar por quê. Creio que nas vastas e eternas leis da matéria, e não nas atribulações cotidianas e nos pecados dos homens, existe algo no qual nosso lado animal encontra conforto e esperança. E eu tenho esperança, caso contrário não conseguiria viver. E é em meio à esperança e à solidão que a minha história termina.

EDWARD PRENDICK

NOTA

Boa parte do capítulo intitulado "O dr. Moreau se explica", que contém a essência da ideia por trás deste livro, foi publicada na forma de um artigo na revista *Saturday Review* em janeiro de 1895. Trata-se da única porção da história que já havia sido publicada antes, e foi totalmente reescrita para se adaptar à forma narrativa. Embora possa parecer estranho a um leitor leigo, é impossível negar que, por mais inacreditáveis que sejam os detalhes contidos nesta história, a fabricação de monstros – e talvez até a de monstros quase humanos – está dentro das possibilidades da vivissecção.

Coleção **L&PM** POCKET

1275. **O homem Moisés e a religião monoteísta** – Freud
1276. **Inibição, sintoma e medo** – Freud
1277. **Além do princípio de prazer** – Freud
1278. **O direito de dizer não!** – Walter Riso
1279. **A arte de ser flexível** – Walter Riso
1280. **Casados e descasados** – August Strindberg
1281. **Da Terra à Lua** – Júlio Verne
1282. **Minhas galerias e meus pintores** – Kahnweiler
1283. **A arte do romance** – Virginia Woolf
1284. **Teatro completo v. 1: As aves da noite** *seguido de* **O visitante** – Hilda Hilst
1285. **Teatro completo v. 2: O verdugo** *seguido de* **A morte do patriarca** – Hilda Hilst
1286. **Teatro completo v. 3: O rato no muro** *seguido de* **Auto da barca de Camiri** – Hilda Hilst
1287. **Teatro completo v. 4: A empresa** *seguido de* **O novo sistema** – Hilda Hilst
1289. **Fora de mim** – Martha Medeiros
1290. **Divã** – Martha Medeiros
1291. **Sobre a genealogia da moral: um escrito polêmico** – Nietzsche
1292. **A consciência de Zeno** – Italo Svevo
1293. **Células-tronco** – Jonathan Slack
1294. **O fim do ciúme e outros contos** – Proust
1295. **A jangada** – Júlio Verne
1296. **A ilha do dr. Moreau** – H.G. Wells
1297. **Ninho de fidalgos** – Ivan Turguêniev
1298. **Jane Eyre** – Charlotte Brontë
1299. **Sobre gatos** – Bukowski
1300. **Sobre o amor** – Bukowski
1301. **Escrever para não enlouquecer** – Bukowski
1302. **222 receitas** – J. A. Pinheiro Machado
1303. **Reinações de Narizinho** – Monteiro Lobato
1304. **O Saci** – Monteiro Lobato
1305. **Memórias da Emília** – Monteiro Lobato
1306. **O Picapau Amarelo** – Monteiro Lobato
1307. **A reforma da Natureza** – Monteiro Lobato
1308. **Fábulas** *seguido de* **Histórias diversas** – Monteiro Lobato
1309. **Aventuras de Hans Staden** – Monteiro Lobato
1310. **Peter Pan** – Monteiro Lobato
1311. **Dom Quixote das crianças** – Monteiro Lobato
1312. **O Minotauro** – Monteiro Lobato
1313. **Um quarto só seu** – Virginia Woolf
1314. **Sonetos** – Shakespeare
1315.(35). **Thoreau** – Marie Berthoumieu e Laura El Makki
1316. **Teoria da arte** – Cynthia Freeland
1317. **A arte da prudência** – Baltasar Gracián
1318. **O louco** *seguido de* **Areia e espuma** – Khalil Gibran
1319. **O profeta** *seguido de* **O jardim do profeta** – Khalil Gibran
1320. **Jesus, o Filho do Homem** – Khalil Gibran
1321. **A luta** – Norman Mailer
1322. **Sobre o sofrimento do mundo e outros ensaios** – Schopenhauer
1323. **Epidemiologia** – Rodolfo Sacacci
1324. **Japão moderno** – Christopher Goto-Jones
1325. **A arte da meditação** – Matthieu Ricard
1326. **O adversário secreto** – Agatha Christie
1327. **Pollyanna** – Eleanor H. Porter
1328. **Espelhos** – Eduardo Galeano
1329. **A Vênus das peles** – Sacher-Masoch
1330. **O 18 de brumário de Luís Bonaparte** – Karl Marx
1331. **Um jogo para os vivos** – Patricia Highsmith
1332. **A tristeza pode esperar** – J.J. Camargo
1333. **Vinte poemas de amor e uma canção desesperada** – Pablo Neruda
1334. **Judaísmo** – Norman Solomon
1335. **Esquizofrenia** – Christopher Frith & Eve Johnstone
1336. **Seis personagens em busca de um autor** – Luigi Pirandello
1337. **A Fazenda dos Animais** – George Orwell
1338. **1984** – George Orwell
1339. **Ubu Rei** – Alfred Jarry
1340. **Sobre bêbados e bebidas** – Bukowski
1341. **Tempestade para os vivos e para os mortos** – Bukowski
1342. **Complicado** – Natsume Ono
1343. **Sobre o livre-arbítrio** – Schopenhauer
1344. **Uma breve história da literatura** – John Sutherland
1345. **Você fica tão sozinho às vezes que até faz sentido** – Bukowski
1346. **Um apartamento em Paris** – Guillaume Musso
1347. **Receitas fáceis e saborosas** – José Antonio Pinheiro Machado
1348. **Por que engordamos** – Gary Taubes
1349. **A fabulosa história do hospital** – Jean-Noël Fabiani
1350. **Voo noturno** *seguido de* **Terra dos homens** – Antoine de Saint-Exupéry
1351. **Doutor Sax** – Jack Kerouac
1352. **O livro do Tao e da virtude** – Lao-Tsé
1353. **Pista negra** – Antonio Manzini
1354. **A chave de vidro** – Dashiell Hammett
1355. **Martin Eden** – Jack London
1356. **Já te disse adeus, e agora, como te esqueço?** – Walter Riso
1357. **A viagem do descobrimento** – Eduardo Bueno
1358. **Náufragos, traficantes e degredados** – Eduardo Bueno
1359. **Retrato do Brasil** – Paulo Prado
1360. **Maravilhosamente imperfeito, escandalosamente feliz** – Walter Riso
1361. **É...** – Millôr Fernandes
1362. **Duas tábuas e uma paixão** – Millôr Fernandes
1363. **Selma e Sinatra** – Martha Medeiros
1364. **Tudo que eu queria te dizer** – Martha Medeiros
1365. **Várias histórias** – Machado de Assis

lepmeditores
www.lpm.com.br
o site que conta tudo

IMPRESSÃO:

PALLOTTI
GRÁFICA

Santa Maria - RS | Fone: (55) 3220.4500
www.graficapallotti.com.br